KB267746

김형신 게임 판타지 소설
GAME FANTASY STORY

Shadow Fox 6

김형신 게임 판타지 소설

초판 1쇄 찍은 날 § 2010년 12월 29일
초판 1쇄 펴낸 날 § 2011년 1월 5일

지은이 § 김형신
펴낸이 § 서경석

편집팀장 § 서지현
편집책임 § 주소영
편집 § 어정원 · 박우진

펴낸곳 § 도서출판 청어람
등록번호 § 제1081-1-89호
등록일자 § 1999. 5. 31
어람번호 § 제1-1213호

주소 § 경기도 부천시 원미구 심곡2동 163-2 서경B/D 3F (우) 420-822
전화 § 032-656-4452 팩스 § 032-656-4453
http://www.chungeoram.com
E-mail § chungeoram@chungeoram.com

ⓒ 김형신, 2010

ISBN 978-89-251-2398-1 04810
ISBN 978-89-251-2181-9(세트)

도서출판
청람
6
1주년 이벤트
[완결]
Shadow Fox
김형신 게임 판타지 소설
GAME FANTASY STORY
SHADOW FOX

Contents

Chapter 1
대결

Shadow
Fox

첨벙!

"하아, 좋다!"

따스한 온천물에 몸을 담근 진원의 입에서 절로 기분 좋은 소리가 새어 나왔다.

7월의 중순이었기에 다른 곳을 갈까 고민했었지만 휴식에는 역시 온천만 한 곳이 없다는 생각이 들었다.

"이제 머지않았구나."

어느덧 차원의 틈새 이벤트가 5개월이 채 남지 않은 상황이었다. 처음 캐릭터를 생성한 것이 아직도 기억에 생생한데 말이다.

"소울님도 그때는 경쟁자……."

대전사를 힘겹게 쓰러뜨리고 퀘스트를 무사히 마친 소울은, 현재 사신의 연계 퀘스트를 하고 있었다.

퀘스트를 끝내고 돌아왔을 때는 지금보다 한층 강해진 상태일 것이며, 이벤트 때 가장 강력한 라이벌 중 한 명이었다.

"쉽지 않겠지."

진원의 머릿속으로 많은 이들이 스치고 지나갔다.

소울은 물론 자신이 패배한 울트와 그 외에도 막강한 PvP 강자들. 명성 부분 등 여럿 곳에서 상금을 타낼 확률도 있지만 진원이 가장 중점을 두고 있는 곳은 역시 PvP였다.

그들을 모두 꺾어 우승을 하고, 타 국가와의 PvP에서도 이긴다면 자신의 목표는 이뤄질 수 있었다.

"하지만 꼭 이루고 만다."

할 수 있어서가 아닌 해야만 하는 일이었다. 그렇지 않으면 자신의 1년은 무의미해지는 것과 다름없었다.

"그 안에 끝내야 할 텐데……."

진원은 미리 준비해 온 시원한 음료를 마시며 살짝 어두워진 낯빛으로 그림자 여우를 떠올렸다.

시련을 이겨내자 새로운 연계 퀘스트가 떴는데, 그 내용은 진원에게 있어 여간 반가운 게 아니었다.

망자의 여정이란 퀘스트 정보에 어둠 속 깊은 곳을 향한 마지막이라고 나타나 있었다.

즉, 망자의 여정만 깬다면 드디어 힘겨웠던 여정의 종착지인 카인을 만날 수 있다는 뜻이었다.

한데 그 길이 쉬울 리가 없었다. 특히 시작점이자 끝인 카인의 퀘스트는 난이도가 무려 A였다.

현재 이벤트까지 남은 시간은 차원의 틈새로 따지면 13개월 정도. 길다면 긴 시간이었지만 난이도를 계산했을 때 안심할 수 없었다.

흔들흔들.

"하아, 며칠은 푹 쉬자고 해놓고 나란 놈은."

문득 변함없이 차원의 틈새에서 벗어나지 못한 자신을 발견한 진원이 고개를 저으며 쓴웃음을 흘렸다.

휴식을 취하는 것은 재충전을 위해서이다. 그런데 지금처럼 고민하고 걱정한다면 차라리 차원의 틈새를 하는 것이 더 나았다.

"잠시만 머릿속에서 비우자."

진원은 마인드컨트롤로 차원의 틈새를 점점 지우기 시작했다.

＊　　　＊　　　＊

데굴데굴.

"그래, 결심했어!"

　침대 위에서 구르며 고민의 고민을 거듭하던 혜주가 주먹을 꽉 쥐며 결심하더니 상체를 일으켰다.

　"이젠 겁내지 않겠어."

　만남 이후 혜주는 느낄 수 있었다.

　진원과의 이별 이후 그토록 힘겹게 쌓았던 벽이 순식간에 무너진 것을, 이 남자가 아니면 자신은 웃을 수 없다는 사실을.

　하지만 그런 마음을 표현하기가 두려웠다.

　서로가 애타게 원한다 할지라도, 허락을 받지 않은 상황에서 또다시 진원을 상처 입히는 일이 생길까 봐.

　또한 스스로에 대한 죄책감도 이유 중 하나였다.

　천애고아가 된 그에게 깊은 슬픔을 안겨둔 채 떠난 자신이 이제 와서 다시 손을 내밀어도 되는 걸까. 그를 믿고 말없이 기다려야 되지 않을까.

　그러나 스스로의 감정에 확고해졌고, 홀로 힘겹게 노력하고 있는 진원을 위해서라도 감춰서는 안 된다고 판단했다.

　자신이 기다리기로 결정했다고, 나를 믿고 노력해 달라고, 만남은 가질 수 없겠지만 연락만이라도 하며 응원을 한다면 분명 진원에게는 큰 힘이 될 테니까.

　"이제, 흔들리지 않을게."

　사진 속 진원을 바라보며 독백을 한 혜주는, 짧은 숨을 내쉬며 누군가에게 전화를 걸었다. 통화는 오랫동안 이어졌다.

　　　　　*　　　　*　　　　*

"다 같이 놀러 가서 좋다! 언니도 좋지?"

"꼭 가야 해? 피곤한데……."

"누나, 이럴 때 하루 푹 쉬는 거지! 노처녀 티내는 것도 아니고!"

"이리 오렴, 이 새끼야!"

"사, 살려줘!"

"……."

아침부터 정훈의 집은 시끌벅적했다.

샤워를 마치고 밖으로 나온 진원은 티격태격하는 미래와 훈남의 모습에 실소를 흘리며 주방으로 향했다.

"오빠, 이거 마셔!"

"응, 고마워."

그러자 미래가 만든 요리들을 도시락 통에 담고 있던 미진이 진원을 위해 갈아놨던 사과 주스를 내밀었다.

"맛있네?"

머진이 만들었기에 혹시나 하는 마음에 조심스럽게 한 모금 마시며 맛을 확인한 진원은 한 잔을 금세 비우고 만족스러운 얼굴로 컵을 내려놨다.

주스에는 사과뿐 아니라 인삼과 꿀도 들어간 듯했다.

“언제 출발해?”

“음, 다 만들었으니 이제 곧 가야지.”

미진이 도시락 통을 닫으며 말하자 진원은 고개를 끄덕이며 방으로 향했다. 수영복을 챙기고 옷을 갈아입기 위함이었다.

‘바닷가라…….’

윗옷을 벗으며 진원이 미소를 지었다. 오늘은 모두가 다 같이 바닷가를 가기로 했는데, 참 오랜만에 가보는 것이었다.

‘불안 요소가 있기는 하지만.’

검은색 반팔 티와 반바지로 갈아입은 진원은 미래와 훈남을 떠올렸다.

그들과 어딘가를 가면 항상 사건사고가 터졌다. 더군다나 그 피해자는 주로 자신.

하지만 오늘은 은혜까지 함께이기에 그럴 일이 없으리라 믿으며 힘차게 방문을 열고 거실로 나갔다.

그리고 알 수 있었다, 복병은 따로 있었다는 사실을.

“언제 오셨나요?”

“방금 왔지.”

“그 차림은 마치 바닷가라도 놀러 가는 듯하군요?”

“너의 관찰력에 감탄할 뿐?”

“아하하, 설마 저희와 함께?”

“훈이가 제발 보호자로 함께 가달라고 사정을 해서 말이지.”

　도저히 와 닿지 않는 대답과 함께 진원은 두통이 밀려왔다.
설마 사고뭉치로는 둘째가라면 서러운 강할래가 함께 갈 줄
이야!

　하나 찾아온 사람을 돌려보낼 수도 없는 노릇이었다.

　마음 같아서는 당장에 쫓아내고 싶지만 정훈의 친구였으
며 순순히 갈 사람도 아니었기에.

　"자, 그럼 이제 가볼까!"

　진원의 얼굴에 체념이 감돌자 강할래는 승자의 기쁨을 만
끽하며 앞장서서 외쳤다.

　'잠깐, 도움은 되시겠군.'

　강할래의 뒷모습을 지켜보던 진원의 표정이 조금은 밝아
졌다.

　기존의 멤버였다면 운전은 당연히 미래의 몫이었다. 그런
데 강할래가 있으니 그녀가 운전대를 잡지 않아도 된다.

　적어도 가고 올 때 차 안에서만큼은 편안할 수 있다는 뜻!

　"아저씨, 운전해 주세요."

　차 앞에 먼저 도달한 진원이 미래가 오기 전 강할래에게 밝
은 목소리로 부탁했다.

　제아무리 미래라 할지라도 아버지의 친구인 강할래가 차
를 몰겠다고 한다면 양보할 수밖에 없을 테니까.

　그런 진원을 향해 강할래는 염려하지 말라는 듯 엄지손가
락을 치켜세우며 자신있게 대답했다.

"나 면허증 없는데?"

"……."

불운이 겹친 출발이었다.

끼이익!

차가 멈추자 시야가 닿는 곳에 가슴마저 시원하게 만드는 바다가 보였다.

진원은 기쁜 얼굴로 차에서 뛰쳐나와 바다로 달려… 가기는 개뿔, 문을 열고 내리자마자 배를 부여잡고 헛구역질을 시작했다.

'빌어먹을 휴식!'

어제만 해도 참으로 행복했다. 홀로 조용히 온천을 즐겼으며 마음의 평온도 가졌다. 그리고 오늘까지만 쉬고 내일부터 다시 차원의 틈새에 전념하려고 했다.

한데, 단지 차를 타고 이동했을 뿐인데도 눈물이 맺힐 것 같았다.

멀미를 부르는 미래의 지독한 운전 솜씨와 히스테리도 부족해 이번에도 자신의 간식만 따로 직접 만들어준 미진의 정성 콤보!

그뿐 아니다. 옆자리에 앉은 훈남과 은혜의 염장에다 격하게 부풀려진 강할래의 살아온 인생까지 쉬지 않고 들었다.

차를 타고 바닷가에 왔을 뿐인데 이미 정신줄 놓기 직전!

‘그래도 바다는 좋구나.’

잠시 시간이 지나고 나서야 평온을 되찾은 진원이 숨을 크게 들이마시며 해변가를 쳐다봤다.

더위 속에서 많은 사람들이 찾은 상황이었고, 활기가 넘쳐 흘렀다.

“오빠, 자리 좀 잡아줘!”

“그래, 알았어.”

강할래와 훈남이 있기에 진원이 짐을 들고 움직이게 하기 싫은 미진이 외치자 진원은 고개를 끄덕이며 인파 사이로 파고들었다.

치이잉! 촤악! 촤악!

빈 공간에 진원과 훈남이 텐트를 펼치자 자동으로 3인용 텐트 두 개가 동시에 설치됐다.

“흠흠, 그러면 갈아입고 보자고!”

챙겨온 짐들을 진원과 훈남이 안으로 옮길 동안 비키니를 입은 여자들에게서 시선을 떼지 못하며 침을 흘리던 강할래가 헛기침과 함께 외치며 안으로 후다닥 들어갔다.

그 모습에 모두는 실소를 흘렸고, 진원과 훈남 역시 그 뒤를 따라 텐트 안에 입성했다.

“흐음.”

“……”

“흐으음. 조금은 쓸 만하군.”

"꼭 그 차림으로 지켜보셔야 했습니까?"

옷을 다 벗고 검은색 사각 수영복을 입은 진원이 찝찝한 어투로 말했다.

강할래는 현실에서도 자신을 라이벌로 느끼는지 몸 상태를 유심히 관찰했는데, 문제는 그의 차림이었다.

당당하게 옷을 모두 벗은 채 수영복을 입지 않고 관찰. 한마디로 올 누드!

"난 짐승 같은 남자니까."

'그냥 노출증이잖아!'

"하지만 나가야 되니 입어야겠지? 이런, 아쉬운 표정은 하지 말고!"

'아쉬운 적 없거든!'

꽉 끼는 타이트한 푸른색 삼각 수영복을 입는 강할래의 망언에 진원은 혈압이 치밀어 올랐지만 꾹 참으며 텐트 문을 열었다.

그러자 먼저 밖에 나와 있는 미래와 미진, 은혜가 보였다.

두근.

미진은 탄탄한 근육질로 이뤄진 진원의 상반신을 보자 절로 얼굴이 붉어지며 가슴이 두근거렸다.

그러면서 내심 초조한 얼굴로 자신의 가슴을 힐끔거렸다.

얼굴은 물론 몸매까지 완벽한 미래와 적당하고 보기 좋은 은혜의 사이에 있다 보니 위축되는 것이다.

예전 수영장에서처럼 가슴에 힘을 꽉 실었다면 또 모르겠지만, 솔직한 모습으로 다가가라는 미래의 조언에 오늘은 실체를 드러냈다.

'싫어하면 어쩌지.'

진원이 잠시 아무런 말 없이 셋을 바라보자 미진은 더욱 조마조마했다.

혹시나 진원이 얼굴보다 몸매를 더 좋아한다면 자신을 싫어할지도 모르니까. 그러나 괜한 기우였다는 사실을 깨닫기에는 오랜 시간이 걸리지 않았다.

"오늘, 보기 좋다."

진원은 눈치를 살피는 미진에게 환한 웃음과 함께 진심을 담아 말했다.

미진의 가슴이 작다는 사실을 잘 알고 있었고, 사람마다 기준은 다르겠지만 자신은 크기를 단 한 번도 중요시 여긴 적이 없었다.

수영장에서처럼 인위적으로 가슴을 부풀렸을 때보다 지금이 훨씬 보기 좋았다.

"진짜? 진짜?"

"그럼."

재차 진원의 대답을 듣고 나서야 미진은 긴장감이 사라지는 것을 느끼며 배시시 웃음을 터뜨렸다.

하지만 신은 잔혹했으니…….

“어? 쟤, 뭔 배짱으로 뽕을 안 했냐?”

“훈이가 아들이 둘이었던가. 가슴이 사내답군.”

대놓고 PvP 신청이었다.

첨버엉!

버서커 모드가 되어 달려드려는 미진을 힘겹게 말린 진원은 바닷물 속으로 뛰어들었다.

기분 좋은 차가움이 전신을 감싸 안았고, 뒤를 이어 모두가 물속에 입수했다.

처음에는 귀찮아하던 미래 역시 바다에 오자 스트레스가 사라지는 듯 기분이 좋아 보였다.

“오빠, 야잇!”

“어쭈? 반격이다!”

그런 진원에게 다가간 미진이 물장난을 치기 시작했다. 진원은 웃음을 터뜨리며 맞받아쳤다.

바로 그때 등 뒤에서 느껴지는 살기!

파아앗!

“어익후! 미끄러졌구만.”

“……”

위험을 느끼며 다급히 몸을 피했던 진원은 능청스럽게 발뺌하는 강할래로 인해 절로 눈이 가늘어졌다.

정확히 노리며 팔꿈치로 내려찍어 놓곤 미끄러졌다니!

차 안에서부터 오늘만큼은 꼭 한판 붙자고 하더니 이렇게 시비를 걸 줄이야.

'오늘만큼은 네놈을 기필코!'

강할래는 능청스럽게 웃는 얼굴과 달리 속에서 불꽃을 일으켰다.

차원의 틈새에서는 히든 클래스가 되어도 이길 수가 없었지만 현실은 다를 터였다.

제아무리 진원이 꾸준히 운동을 했고 근육이 잘 발달됐다 할지라도, 평생을 수련해 온 자신에 비할 바는 아닐 테니까.

그런데 진원이 대결을 받아주지 않아 이렇게 시비를 거는 것이었다.

"아니요. 괜찮습니다."

그 속내가 빤히 보인 진원은 애써 미소를 지으며 마음을 다스렸다. 절대 도발에 넘어가지 않으리라.

"오빠, 음료수 받아!"

"나도 마시고 싶은데!!"

"크윽!"

텐트에 들른 미진이 이온음료를 챙겨와 진원에게 던졌을 때다.

동시에 강할래의 진정으로 음료수를 마시고 싶어하는 듯한 간절한 외침과 함께 진원은 다급히 물속으로 잠수했다.

첨벙! 파아앙!

"이런, 잡는다는 것이 그만! 으하하!"

'이 영감탱이가 진짜!'

물속에서 솟구친 진원의 주먹이 부르르 떨렸다.

플라스틱 음료수 통을 박살 낼 만큼 진심으로 주먹을 내질러 놓곤 티 나게 시치미를 뚝 떼다니!

밉상도 저런 밉상이 없었다.

'한판 붙어버려?'

진원은 진심으로 고민했다.

강할래의 태도를 보니 1박 2일 동안 끈질기게 자신을 노릴 듯한데, 그렇다면 차라리 일찍 싸우는 것이 속편한 길이었다.

다만 쉽사리 그럴 수도 없는 것이, 강할래가 비록 이름은 떨치지 못했지만 신체능력이 무시할 수 없는 수준이었고, 훈남의 아버지인 정훈의 친구였다.

하니 아무리 티격태격하는 사이며 대련이라 할지라도 차원의 틈새도 아닌 현실에서 그를 직접 때리기가 불편했다.

"힘이 과하시군요? 아하하!"

"그러게 말이네? 으하하!"

진원과 강할래가 입은 웃지만 눈에는 살기를 담아 서로를 노려봤다.

각자의 이유를 가진 채 도발하려는 자와 넘어가지 않으려는 자의 팽팽한 줄다리기! 그 싸움은 이제 시작이었다.

슈우웅! 퍼어억!

진원이 피한 피구 공이 둔탁한 소리와 함께 모래사장에 박혔다.

'진정 고집있는 분이시군.'

진원은 피구 공을 들어 올리며 쓴웃음을 흘렸다.

바다에서 나와 출출해진 배를 채운 후, 다 같이 수다를 떨고 있을 때다.

그때까지도 계속해서 기회만 생겼다 하면 시비를 걸던 강할래가 무언가를 발견하고 식후 운동을 하자고 했다.

그것은 해변에 위치한 피구장이었으며 진원은 불안한 마음이 들었지만 다수의 의견에 따라 함께하기로 결정했다.

한데 역시나였다. 강할래는 공을 잡을 때마다 자신을 노렸으며, 마치 야구를 하듯 전력투구를 했다.

자신과 강할래만 따로 본다면 이것은 말 그대로 살인 피구!

"쥐새끼처럼 잘도 피하는군."

"제명에 살고 싶어서 말이죠?"

강할래와 진원의 신경전이 펼쳐지자 미진은 염려스러운 얼굴로 한숨을 내쉬었다. 그녀는 아까부터 둘 사이에서 무슨 일이 벌어지고 있는지 알아차렸다.

'아무 일 없어야 할 텐데…….'

심술을 부리고 있는 강할래를 잠시 째려본 미진이 진원을 바라보며 마음속으로 바랐다.

"하아압!"

"타하압!"

슝! 슝! 퍼억! 퍼억!

진원과 강할래를 제외한 모두는 손을 떼고 어이없다는 듯 둘을 구경했다. 그들뿐 아니라 지나가는 사람들 역시 신기한 얼굴로 쳐다보고 있었다.

그 이유는 바로 진원과 강할래의 뜨거운 공방전 때문이었다.

마치 팀 따위는 없다는 듯 둘이서만 주고받는 피구 공! 직접 때리는 것이 아니기에 진원 역시 전력을 다해 던질 수 있었으며, 둘은 쉬지 않고 피하거나 받아냈다.

"하악, 하악!"

"흐윽! 흐윽!"

뜨거운 태양 아래에서 둘의 호흡이 거칠어졌다. 그뿐 아니라 전신 곳곳에 멍을 비롯한 상처도 가득했다.

일반적인 피구의 룰이라면 이미 시합이 끝났어야 했지만, 그들은 한 명이 쓰러질 때까지였다.

"언제까지 이러실 겁니까? 허억!"

"사내답게 대결을 받아줄 때까지지! 흐윽!"

"제발 그만들 하세요!"

한마디씩 나누고 공을 쥐고 있는 강할래가 재차 팔을 들어 올리자 결국 보다 못한 미진이 그들 사이를 가로막았다.

다 같이 즐겁기 위해서 놀러 왔는데, 이러다가는 정말 한 사람이 쓰러질 듯했다.

"오늘만큼은 편안히 보내면 안 되나요? 이러려고 따라오신 건가요? 전 아저씨가 함께 가신다고 해서 좋았는데……."

"크, 크흠."

슬픔을 가득 담은 눈동자, 떨리는 목소리. 전혀 그렇지 않았지만 양심의 가책을 느끼게 하기 위한 거짓말 작렬까지!

삼박자 콤보에 제아무리 강할래라 해도 마음이 흔들릴 수밖에 없었고, 그는 머리를 잠시 긁적이다가 진원을 향해 말문을 열었다.

"오늘만큼은 휴가라 생각해 주지. 고마운 줄 알아라."

"거참, 영광이군요."

강할래의 거만한 말투에 진원은 실소를 흘리며 긴장을 풀고 돌아섰다. 바로 그 순간이었다.

체념한 표정이던 강할래의 두 눈빛이 순간적으로 돌변하며 있는 힘껏 무언가를 던졌다.

쉐에엑!

'그럴 줄 알았다!'

하지만 진원 역시 만만치 않았으니, 강할래라면 언제든지 돌변할 수 있는 인물이라 생각하며 주의를 기울이고 있었고, 무언가가 날아오자 다급히 몸을 날려 피했다.

그리고 뿌듯한 미소를 지으며 그를 쳐다보는데,

퍼어어억!

진원은 믿을 수 없다는 눈빛으로 자신의 허벅지 사이를 내려다봤다. 분명 방금 피한 피구 공이 적중해 있었다.

스으윽.

부들부들 떨면서 힘겹게 몸을 돌린 진원은 곧 지금의 상황을 이해할 수 있었다.

예측을 한 것은 자신뿐이 아니었다. 강할래 역시 진원을 간파하며 음료수 통을 먼저 집어 던졌고, 피하는 위치를 확인하자마자 연이어 피구 공을 던진 것이다.

물론 진원이 몸을 돌려 그곳에 맞을 줄은 몰랐지만.

"사내답지 못한 놈이니 아프지도 않겠지?"

내심 미안한 마음이 들었지만 진원을 강렬히 자극할 수 있는 이 기회를 놓치지 않는 강할래!

"죽여 드리지요."

PvP 성립이었다.

"저 사람들, 뭐 하는 거야?"

"싸우려는 것 같은데?"

"젊은이와 어르신인데 싸운다고?"

"아니야. 대련이라고 하는 것 같았어."

"그렇군. 그러고 보니 어르신 몸이 장난 아닌데? 이야, 흥미진진한걸!"

“나는 저 중년인이 이긴다에 만 원! 넌?”

“좋아. 난 청년에게 만 원을 걸지!”

해변을 찾은 사람들은 보기 힘든 구경거리에 들뜬 채 시선을 떼지 못했다.

그들의 시선이 집결한 곳은 모래사장에 동그란 원을 그린 채 마주하고 있는 진원과 강할래였고, 미진은 졌다는 듯 두 손을 들며 일행과 내기에 동참하고 있었다.

훈남과 미진은 진원에게 돈을 배팅했고, 미래와 은혜는 강할래를 선택했다.

“오빠, 다치지 말고 힘내! 그리고 이겨줘! 나, 돈 걸었어!”

휘청휘청!

미진의 응원에 고개를 돌리던 진원의 몸이 비틀거렸다. 어떨 때 보면 참 현실적인 아이였다.

‘방심해서는 안 된다.’

진원은 호흡을 고르며 강할래를 주시했다.

항상 그의 허세에 웃음을 터뜨리고는 했지만 단련된 육체를 보면 절대 만만한 상대가 아니었다.

스으윽.

먼저 움직인 것은 강할래였다.

그는 장난기를 버리고 진지함으로 무장한 채 한 발을 앞으로 내밀었다. 그리고 상체를 살짝 숙이더니 빠른 속도로 파고들었다.

퍼어억!

'크으윽!'

미처 피하지 못해 강할래의 어깨를 몸으로 받은 진원은 절로 신음이 새어 나오려 하자 이를 꽉 깨물었다.

체격에 맞지 않는 빠른 움직임을 선보였는데 그것도 모자라 힘도 대단했다.

무도의 정상급 이들에게는 언제나 무릎 꿇는 그였지만, 일반인들에게 비할 바가 아니었다.

그나마 진원은 운동을 했고 자기 관리를 게을리하지 않았다. 차원의 틈새를 하면서도 체력 단련을 잊지 않았고 말이다.

또한 타고난 신체능력이 있기에 힘겹지만 맞설 수 있었다.

'이놈 봐라?'

그런 진원에게 강할래는 내심 놀라움을 느꼈다.

겉으로 봤을 때는 단단해 보였지만 쉽게 무너뜨릴 수 있다고 믿었다. 근육은 헬스로도 얼마든지 키울 수 있으니.

한데 예상외로 진국이었다.

'그러나……'

자신은 강풍도의 창시자였으며 비록 예선 탈락을 했다 할지라도 세계적인 경력을 갖고 있었다.

이런 어린 애송이에게 지려고 해도 질 수 없는 격차인 것이다.

쉬이익!

소싸움처럼 모래사장에서 치열하게 몸을 밀어붙이던 강할래가 진원의 턱을 노리고 주먹을 올려쳤다.

그러자 진원은 고개를 움직여 피하는 것이 아닌, 그대로 뒤로 쓰러지며 강할래의 정강이 부분을 있는 힘껏 걷어찼다.

뻐어억!

"야아압!"

강할래는 적지 않은 충격에 몸이 살짝 휘청거렸지만 기합을 내지르더니 이번에는 아래를 노리며 주먹을 뻗었다.

하나 그의 공격을 예측한 진원은 서둘러 몸을 옆으로 굴렸는데, 금세 표정이 굳어졌다.

강할래가 내려치는 척하다가 발돋움과 함께 진원의 위를 덮은 것이다.

"으하하! 이제야 강풍도의 진수를 보여주겠군."

'이, 이런.'

진원의 얼굴이 굳어졌다.

강할래가 뒤에서 덮치고, 찰나 동안 몸을 움직여 배 위에 올라타며 마운트 포지션을 잡아낸 것이다.

"간다. 강풍도의 비기!"

강할래의 두 눈이 날카로워지자 진원은 침을 꿀꺽 삼켰다.

차원의 틈새와 동화되어 살아온 탓인지 마치 저 주먹에서 무시무시한 기운이 터져 나올 것 같았다.

곧 그의 주먹은 진원의 얼굴을 노리며 발출했으나, 그보다 진원의 움직임이 조금 더 빨라 아슬아슬하게 피할 수 있었다.

푸우욱!

그로 인해 강할래의 주먹은 모래사장을 파고들었으며, 그는 분함을 감추지 못했다.

"강풍도의 비기인 강풍권을 피할 줄이야!"

'그냥 주먹을 내지른 거잖아!'

진원은 헛웃음을 터뜨렸다. 내심 이때까지 도대체 강풍도는 어떤 무술이고 기술을 갖고 있을까 궁금했는데, 비기가 이토록 허무할 줄이야!

"하지만 기뻐하지 마라. 강풍권은 반복적으로 쓸 수 있으니!"

그와 동시에 강할래는 먹이를 눈앞에 둔 맹수처럼 날카롭게 진원을 가격하기 시작했다.

'젠장, 뒤집혀라.'

진원은 양팔로 최대한 얼굴과 상체를 가드하며 있는 힘껏 몸을 비틀었다.

마운트 포지션은 뒤집으면 역 포지션을 잡을 기회가 존재했다. 그렇지만 노련한 강할래는 중심을 잃지 않으며 반격의 기회를 주지 않았다.

'어떻게든 벗어나야 하는데……'

몇 번의 시도에도 불구하고 뜻하는 바는 이뤄지지 않았다.

오히려 그 틈에 빈틈이 생겨 강할래의 정권을 허용하기도 했다.

그러자 정신이 아득해지며 구토가 치밀어 올랐다.

방어를 하는 것만으로도 뼈가 부서지는 듯한 송곳 같은 통증이 전해졌는데, 턱에 적중했으니 당연한 결과였다.

만약 유리 턱이었다면 지금의 일격 한 번에 대결이 끝났을지도 모르는 위력이었다.

하나 강할래에게만큼은 지고 싶지 않은 오기가 진원을 붙잡았다. 그는 한 손으로 모래를 잔뜩 집었다.

대련이라는 이름이 붙어 있지만 정해진 룰은 없었다. 비록 비겁하다고는 할지라도 반칙은 아니었다.

그리고 진원은 꼭 이기고 싶은 싸움에서는 얼마든지 비열해질 수 있었다. 체면을 지키며 지는 일 따윈 자신과 맞지 않았다.

촤아악!

"이, 이놈이!"

위험하게 만들 수는 없기에 힘 조절을 하며 가격을 하던 강할래는 갑작스런 기습에 당혹함을 금치 못하며 본능적으로 두 눈을 가로막았다.

그 결과 자연스럽게 중심이 흐트러졌으며, 진원은 그 틈을 놓치지 않고 몸을 뒤집었다. 전세 역전이었다.

지글지글.

어느덧 해가 저물어 밤이 찾아왔고, 두 개의 불판 위에서 삼겹살이 식욕을 돋우는 소리와 함께 익어갔다.

미진은 삼겹살을 노릇하게 구우며 진원과 강할래를 힐끔거렸다.

얼굴 곳곳이 엉망진창이 된 둘은 마주 보고 앉아 심통을 부풀린 볼로 표현하고 있었다. 무승부라는 결과가 둘 다 마음에 들지 않은 것이다.

'정말 애들 같아.'

언제나 듬직해 보이던 진원과 아버지의 친구인 강할래임에도 불구하고 미진은 그렇게 느끼며 조용히 미소를 머금었다.

'비열한 놈 같으니.'

삼겹살이 다 익자 강할래는 거칠게 상추쌈을 싸서 입에 넣으며 진원을 노려봤다.

모래를 사용하지 않았더라면 그 누가 봐도 자신의 승리가 확실한 대결이었다. 제대로 된 시합이었을 경우에도 진원이 반칙패를 당했을 테고 말이다.

한데 억울한 것도 모자라 비기다니!

'하지만……'

그럼에도 불구하고 실력만큼은 높이 평가할 수밖에 없었다.

힘과 스피드, 반사신경에 맷집, 정신력까지 진
상을 상회했다.

'치사한 영감탱이.'

양 볼이 터질 듯이 상추쌈을 입에 밀어 넣으며 진원 역
불꽃 튀는 눈으로 강할래에게서 시선을 떼지 않았다.

이제야 기회를 잡았다고 느꼈는데 간과한 것이 있었다.

강할래 역시 이기기 위해서는 얼마든지 수단 방법을 가리
지 않는다는 사실. 아무리 정당방위라 할지라도.

강할래는 역 마운트 포지션이 되는 순간에 역시 모래를 집
었고, 그로 인해 싸움은 개판으로 돌변했다.

욱한 진원은 또 모래를 집어서 던졌으며, 화가 난 강할래는
머리카락까지 쥐어뜯었다. 진원은 그에 반격하기 위해 물어
뜯기까지 했고.

치열한 난투는 결국 훈남과 미진이 개입하면서 중지됐다.

'다만……'

그때를 떠올리며 속으로 분을 삭이던 진원이 짧은 한숨과
함께 웃음을 흘렸다.

비록 무승부로 끝이 났지만 잘 알고 있었다, 이번 대결은
자신의 패배라는 사실을.

개판이 된 싸움에서도 말리지 않았더라면 먼저 쓰러진 것
은 자신이었을 터이다.

비록 그에 비해 나이는 많지 않지만 10대 시절 이리저리 싸움을 하며 쌓은 경험이 그 사실을 잘 알려줬다.

언제나 허풍쟁이에 자기 착각에 빠져 사는 이라 판단했는데……

물론 이 사실을 말한다면 그의 태도가 어떨지 뻔하니 감추고 있지만 말이다.

진원과 강할래는 그렇게 상반되는 두 가지 생각을 함께하며 서로를 조금은 다시 보게 됐다.

그리고 시간이 흘러 어느덧 자정이 찾아왔다.

"오늘 재미있었어?"

해변가에 앉아 캔 맥주를 마시는 진원을 바라보며 미진이 조심스럽게 물었다.

그를 위해 준비한 휴가이지만 정작 피곤한 하루를 보낸 듯해서였다.

"응, 즐거웠어. 이런저런 일도 있었지만 그 또한 추억이니."

미진을 배려하기 위한 말이기보다는 진심으로 그렇게 느꼈다.

비록 계속해서 강할래의 위협은 존재했지만 오랜만에 바닷가에서 즐거운 시간을 보내기도 했고, 강할래와 잊을 수 없는 시간도 가졌다.

아마 오랫동안 기억될 하루일 것이다.

"다행이다. 히히."

"미진아, 언제나 고마워."

"응? 내가 뭘……."

진원이 캔 맥주를 내려놓으며 진지하게 얘기를 꺼내자 미진은 쑥스러운 듯 얼굴이 붉어졌다.

하지만 행복해 보이는 그녀의 얼굴에 슬픔이 맺혀 있다는 사실까지는 진원이 알 수 없었다.

"사실 나… 할 얘기가 있어."

"뭔데?"

잠시 침묵을 지키던 진원이 어렵게 얘기를 꺼내자, 미진이 작아진 목소리로 물었다.

"그게 말이야……."

진원은 말끝을 흐리며 어제저녁을 떠올렸다.

온천에서 돌아와 밤늦도록 책을 읽고 있을 때였다. 전화가 와서 받으니 바로 혜주였다.

그리고 꿈에서도 바라왔던 얘기를 듣게 됐다. 그녀가… 다시 자신의 곁으로 돌아온 것이다.

비록 목표를 이루고 혜주네 부모님을 찾아뵙기 전에는 데이트를 하지 못한 채 연락만으로 사랑과 믿음을 나눠야겠지만, 그조차도 감격스러워 견딜 수 없을 정도였다.

혜주와 헤어진 후 오랜 시간 동안 홀로 자신을 다잡고, 때론 불안하거나 슬픈 상상에 얼마나 마음 졸이고 아파했던가.

그 끝이 보이지 않던 어둡고 컴컴한 터널에서 빛을 발견한 두근거림이었다.

하나 기뻐할 수만은 없었으니… 바로 미진 때문이었다.

이런 자신의 마음을 알면서도 언제나 곁에서 함께해 주고 힘이 되어줬던, 자신을 아껴주고 사랑해 준 그녀.

미진이 슬퍼할 모습을 떠올리자 묵직한 돌이 맺힌 듯 가슴이 무거워졌다.

"사실 어제 전화가……."

진원은 길게 끌지 않고 얘기를 꺼냈다.

자신과 미진의 상황에서는 시간을 끌어서 좋을 일은 없었다. 미진을 위해서라도.

"잠깐만."

그때 미진이 진원의 말을 끊으며 고개를 살짝 떨어뜨렸다.

입은 웃으려 하고 있지만 떨리는 몸과 젖어가는 두 눈만큼은 어쩔 수 없기에 얼굴을 보여주고 싶지 않았다.

안 그래도 힘겨울 텐데, 분명 더욱 미안해할 테니까, 아파할 테니까.

"어제 통화하는 거… 나, 들었어."

예상치 못한 말에 진원은 저도 모르게 숨을 크게 들이마셨다.

"오빠한테 간단한 야식 갖다 주려고 살짝 들어갔는데 전화를 하고 있더라고. 히히, 미안해. 엿듣고 싶지 않았는데… 몸이 움직이지 않았어.”

모래사장 위로 물방울이 떨어졌다.

“처음부터 이런 날을 예상했었어. 오빠는 나를 착하다, 착하다 하지만… 나 사실 많이 나빠. 내심 오빠가 이뤄지지 않기도 바랐으니까. 그렇다면 오빠가 상처를 받겠지만… 내 곁에 올 수 있을 테니까.”

진원은 고개를 저었다.

사람에게는 누구나 욕심이 있으며, 사랑은 더욱 그러했다. 자신이 제어할 수 없을 만큼 흐른 애정. 그 애정의 욕심을 그 누가 나쁘다 할 수 있을까.

물론 삐뚤어진 애정으로 모두를, 자신마저 상처 줬다면 애기는 달라지겠지만 미진은 아니었다.

단지 홀로 상처를 가슴에 안을 뿐이었다.

“하지만 계속해서 다짐하기도 했어. 만약 오빠가 다시 잘된다면, 다시 웃을 수 있다면… 그땐 내가 웃으며 떠나줘야지, 라고. 그래, 사실 쉽지는 않아. 지금도 잡고 싶은걸. 울고 싶은걸.”

미진의 목소리의 떨림이 점점 거세지자 진원은 말없이 그녀의 손을 잡아줬다.

“그런데… 난 오빠가 행복했으면 좋겠어. 헤헤. 내가 땡깡 피우면… 겨우 되찾은 행복 속에서 힘겨워할 테니까 난 양보할 수 있어. 오빠로서, 동생으로서… 서로의 곁에서 웃을 수 있을 테니까. 함께할 테니까. 오빠를 위해서면 내 욕심, 버릴 수 있어."

밤새도록 잠들지 못했다. 이런 날을 예상하기도 했지만 정작 현실로 찾아오니 부서질 듯한 마음에 울고 또 울어도 몸 안의 모든 수분이 눈물로 흐르는 듯 멈추지 않았다.

어쩌면 알고 있기 때문인지도 몰랐다. 자신이 어떤 선택을 할지. 그렇기에 이 기나긴 새벽만큼은 자신을 감추지 않은 채 슬픔에 몸을 맡겼다.

"헤헤, 이제 남자 친구를 찾아야 할 때인가!"

"바보……. 고마워."

"치잇!"

미진이 애써 밝게 외치자 진원은 그녀의 머리카락을 쓰다 듬으며 나지막하게 말했다.

그리고 둘은 한참이나 자리에서 일어서지 않으며 말없이 잔잔한 파도 소리에 귀를 기울였다.

추억이란 단편을 회상하고 정리하며.

Chapter 2
망자의 섬

Shadow
Fox

집에 도착하자 차원의 틈새에 접속한 진월은 아카리의 수도 마르타에 위치한 피라의 항구를 찾았다.

피라의 항구는 가격은 비싼 편이지만 다른 곳에서는 갈 수 없는 사냥터도 모두 이동이 되기에 항상 많은 유저들이 찾는 곳이었다.

현재 진월이 찾아가려고 하는 망자의 섬 역시 피라의 항구에서만 갈 수 있는 곳 중 하나였다.

다른 곳에서는 망자의 섬으로 향하는 배는 물론 텔레포트기도 존재하지 않았다.

'망자의 섬이라……'

티켓을 끊고 배 위에 올라탄 진월은 긴장을 느끼며 천천히 두 눈을 감았다.

망자의 섬은 배로 두 시간이 걸리는, 최근에 발견된 사냥터였다. 사냥터의 레벨은 최저 140이었다.

레벨 제한이 140이라는 것은 이제 145레벨인 진월이 혼자서 솔로 플레이를 하기 힘들다는 뜻과 같았다.

물론 그림자 여우의 레벨을 상회하는 능력치와 놀라운 스텟으로 인해 포션과 함께라면 가능하겠지만, 그리하면 대박 아이템이 나오지 않는 이상은 적자였다.

'어떤 퀘스트가 기다리고 있을까.'

망자의 섬으로 향하는 유저들이 모두 탑승하고 지정된 시간이 되자 배가 천천히 움직이기 시작했다.

출렁거리는 느낌과 함께 진월은 퀘스트를 추측했다.

망자의 여정이라 하면 죽은 이의 여행이라는 뜻이었으며, 퀘스트 정보에는 붉은 문을 찾으라고 했다.

하지만 게시판에서 아무리 검색해도 붉은 문에 관련된 그 무엇도 존재하지 않았다.

'찾는 데에 시간이 꽤 걸릴지도.'

트라이를 만날 때 역시 적지 않은 시간 동안 산을 헤매다가 겨우 발견할 수 있었다. 다만 그때와 비교하면 난이도 자체가 격하게 차이가 났다.

그곳에서는 몬스터도 없었고 설령 나타난다 해도 큰 위험이 되지 않겠지만, 망자의 섬은 얘기가 다르다.

포션을 사용한다 할지라도 여러 마리가 달려들 경우 언제 죽게 될지 모른다.

즉, 언제 어디서든 목숨이 위태로운 상황에서 어디 있는지 힌트조차 없는 굴을 찾아서 막연하게 돌아다녀야 한다는 뜻이다.

'미리 포션을 챙겨와서 다행이지.'

망자의 섬 입구에도 장사꾼들이 있겠지만 찾아가기가 쉽지 않은 곳이기에 가격이 다른 사냥터 장사꾼들에 비해 대단히 높았다.

'무엇이 기다리든… 일단은 부딪쳐 보자.'

고민하고 걱정해 봐야 주어진 숙제가 바뀌지는 않는 법이었다. 진월은 애써 마음을 편히 먹었다. 어차피 지금까지처럼 하라면 그 어떤 퀘스트든 이를 악물고 할 뿐이었다.

두 시간 후, 망자의 섬이 눈앞에 보였다.

사아아.

"자자, 고급 회복 포션 팝니다! 마나 포션도 있어요!"

"각종 식량들과 체력 회복제 있습니다."

"소모품들 대량 팝니다! 그리고 잡템들 항시 구매 중이에요!"

망자의 섬 외곽에는 짙은 안개가 감싸고 있었고, 장사꾼들이 큰 목소리로 외치고 있었다.

터어억.

순서를 기다리다 배에서 내린 순간이었다.

진월은 자신의 눈을 의심하며 알림창을 다시 확인했다.

'이런 미친.'

미간이 찌푸려지며 절로 욕설이 튀어나왔다.

다른 곳도 아닌 망자의 섬이었다. 한데 포션은 물론 파티까지 할 수 없다니? 이건 말 그대로 죽으라는 뜻과 다름없었다.

아무리 퀘스트의 난이도가 B+라 할지라도 해도 해도 너무했다.

'죽으면 어떻게 되려나.'

진월은 길게 한숨을 내쉬며 입구를 바라봤다.

섬에 발을 댄 순간부터 퀘스트의 영향이 발동됐는데, 만약 죽었을 때 일반적인 패널티를 갖게 된다면 정말 포기하고 싶을 것이다.

'제발 아니기를⋯⋯.'

이렇게 된 이상 그 부분만큼은 하늘이 자신의 편이기를 바라며 진월은 걸음을 옮겼다.

쉐엑! 콰지직!

바람을 가르는 소리와 함께 지면에 투명한 낫이 박혔다.

"10선!"

촤아악! 퍼퍼퍽!

열 개의 선이 고요함 속에 폭풍 같은 위력을 갖춘 채 눈앞에 있는 해골에게로 날아갔다. 해골은 다급히 착용하고 있던 망토를 뒤집으며 10선을 방어했다.

그러나 그 위력에 몇 걸음이나 뒤로 밀려나야만 했다.

"반월!"

그 뒤를 이어 반달 형태의 반월이 옆에서 달려오고 있는 해골을 노렸다.

콰드득!

반월이 적중하면서 가슴뼈에 금이 가버렸지만, 해골은 통증을 느끼지 못하는 듯 거침없이 달려들었다.

채애앵!

"흐윽!"

내리찍는 낫을 단검으로 막은 진월의 입에서 신음이 새어나왔다.

이 해골들의 경우, 방어력은 약한 편이지만 공격력이 어마어마하다 보니 수비를 했음에도 불구하고 데미지가 적지 않게 들어왔다. 손목이 아려올 지경이었다.

'피해야 하는 것인가.'

진월은 입술을 잘근 깨물며 회피와 함께 뒤로 물러섰다.

망자의 섬에 들어온 후 사냥을 하는 파티, 대박 아이템을 기원하며 솔로 플레이를 하는 유저들을 지켜보며 각각의 몬스터들의 능력치를 살폈다.

자신이 직접 부딪쳐 보는 것이 가장 효율적이지만, 워낙 위험한 곳이다 보니 대리 경험을 통해 안전하게 감 잡기 위함이었다.

그중에서 망토 해골들은 약한 편에 속한다고 판단해 주위의 유저들이 없는 상황에서도 피하지 않았다.

두 마리라면 쉽지는 않아도 이길 수 있으리라 믿었기에.

한데 주변에 다른 몬스터들이 다가오기 시작했다.

망자의 섬은 몬스터들이 리젠 장소에서만 머무르지 않았다. 주위를 배회하기도 했으며 몬스터에 따라서는 먼 거리도 돌아다녔다.

그렇기에 이 두 마리는 이길 수 있겠지만 문제는 그 후였다.

포션을 사용할 수도 없기에 손실된 생명을 단숨에 회복시킬 수도 없으며, 이 상황에서 다른 몬스터마저 달려든다면 죽음을 피하기 어려워진다.

'어쩔 수 없지.'

진월은 아쉬움의 입맛을 다셨다.

섬에 들어와 처음으로 겨루는 몬스터들이었으며, 내심 좋은 아이템이 드랍되기를 기대하기도 했다.

하지만 지금의 상황에서는 어쩔 수 없는 법.

결국 진월은 해골들이 접근하자 몬스터들이 없는 방향으로 뛰기 시작했다.

휘익! 휘익!

그로 인해 지나가다가 어쩔 수 없이 몬스터 몇 마리의 시선을 끌었다. 선제공격하는 그들은 진월에게 타깃이 설정되자 빠른 속도로 뒤쫓기 시작했다.

'이런!'

진월의 얼굴이 어두워졌다.

지금의 상황은 충분히 예상 가능했지만 문제는 몬스터들의 속도였다.

다른 몬스터들은 충분히 따돌릴 수 있을 듯한데, 투명하고 성인 남자 상체만 한 크기의 가오리를 닮은 몬스터는 달랐다.

허공을 날아다니는 두 마리의 가오리는 거리를 단숨에 좁히기 시작했다.

지이이잉!

그리고 어느 정도 가까이 다가오자 전신에 둥근 빛이 형성되며 진월을 스치고 지나갔는데, 데미지는 약했지만 진월을 당혹하게 하기에는 충분했다. 바로 마나를 불태워 버렸기 때문이다.

'난감하군.'

날카로운 나뭇가지들에 얼굴이 긁혀도 무시하며 달리던 진월은 답답함을 느꼈다.

생명이 아직 절반이나 남아 있다는 점이 그나마 다행이었지만, 가오리들이 번갈아가며 불태운 덕에 마나는 스킬 하나조차 발휘할 수 없는 지경이었다.

'저놈들과 싸울 수도 없고!'

스킬없이 평타만으로 이기기는 쉽지 않았다. 더군다나 언제 다른 몬스터들이 합세할지 모른다.

키이익!

그때 드디어 진월을 앞지른 가오리 몬스터가 앞을 가로막으며 괴이한 소리를 냈다. 그와 함께 전신에서 빛이 형성됐는데, 아까와는 달리 붉은색이었다.

푸슈슈슉!

'이, 이런!'

10선처럼 여러 개가 동시에 발출되는 적의 스킬을 전부 피하지 못한 진월은 절망을 느꼈다.

데미지는 약했는데 이번 마법은 마나가 아닌 생명이 단번에 확 깎여 버렸다.

'쳇, 이판사판이다!'

그 상황에서도 달리는 것을 멈추지 않던 진월은 눈앞에 절벽이 나타나자 입술을 잘근 깨물었다.

가오리들의 마법이 한 개가 아니란 것을 파악한 이상 어차피 죽음은 피할 수 없다. 하면 조금이라도 살아날 수 있는 확률에 도박을 거는 것이 나았다.

'다행이다.'

때마침 운이 따라주는지 아래는 강이었고, 진월은 거침없이 절벽 아래로 뛰어내렸다.

슈우웅! 첨벙!

"쿨럭!"

강 깊숙이 내려갔다가 솟구쳐 올라온 진월은 조심스럽게 위를 살폈다.

혹시나 가오리 몬스터들이 위에서 대기하고 있지 않을까 걱정했는데, 놈들은 더 이상 따라오지 않았다.

"하, 겨우 살았네."

강의 물줄기를 따라 천천히 움직이는 진월은 안도의 한숨을 내쉬었다.

생명이 밑바닥까지 떨어진 상황이었지만 죽지는 않았고, 안전한 장소를 찾아 생명과 마나를 회복한 후에 다시 움직이면 된다.

물론 그 반복이 지치고 힘들겠지만 퀘스트가 이러한 이상 어쩔 수 없는 노릇이었다.

"어디서 쉴⋯⋯."

주변을 두리번거리며 쉴 곳을 찾으려던 순간이다.

등골이 오싹하자 진월은 서둘러 고개를 돌렸다. 그리고 볼 수 있었다, 반투명한 푸른빛 거대 지렁이 형태의 몬스터 여러 마리가 날카로운 이빨을 드러내며 접근하고 있는 것을.

그 어디도 안전한 곳이 없는 망자의 섬이었다.

지익! 지익!

좁고 허름한 굴속에서 진월이 무언가를 열심히 뜯고 있었다. 그것의 정체는 주먹만 한 크기의 애벌레였다.

'꽤 담백한데?'

진월은 만족스러운 미소를 지으며 애벌레를 힘차게 이로 물어뜯었다.

겉 부분이 꽤 질기기는 하지만 닭고기와 비슷한 맛이었고, 소모용 아이템을 이용해 구워 먹으니 맛만으로 봤을 때는 팔아도 될 듯했다.

'어느덧 3일.'

쏴아악.

애벌레를 먹고 체력을 회복한 진월은 쪼그리고 앉아서 비가 내리는 밖을 바라봤다.

첫날 죽음을 맞이했을 때 퀘스트의 영향으로 사망에 관한 패널티가 없다는 것을 깨달았다. 또한 30초의 시간이 지나면 근처 안전한 곳에서 생명과 마나가 가득 찬 상태로 부활했다.

하지만 사막에서 바늘 찾기와 같은 퀘스트로 인해 3일 동안 수십 번을 죽으며 찾아다녔지만 붉은 문을 볼 수 없었다.

‘도대체 얼마나 걸릴까.’

안 그래도 망자의 섬은 섬들 중에서 꽤 큰 편에 속했는데, 몬스터들을 피해 다니고 생명과 마나, 체력이 떨어지면 회복할 때까지 기다려야 하다 보니 속도가 느렸다.

또한 위험할 때는 앞뒤 잴 틈도 없이 무작정 달아나야 하니 길을 잊어먹은 것이 한두 번이 아니었다.

그로 인해 어제는 망자의 섬 입구에 다시 돌아가기도 했다.

‘일단 오늘은 여기까지만 할까.’

진월은 배고픔을 느꼈다. 그리고 오늘은 꼭 들를 곳도 있었다.

‘그래, 준비도 해야 하고.’

결정을 한 진월은 게임 종료를 하려 했다. 하지만 그는 어떤 소리와 함께 결정을 미뤘다.

뾰롱뾰롱!

‘이 소리는 분명!’

진월은 굴속에서 머리를 천천히 밖으로 내밀어 소리가 나는 방향을 확인했다. 그런 진월의 두 눈동자는 곧 크게 떠졌다.

‘레이리다!’

진월의 얼굴이 3일 동안 처음으로 환하게 밝아졌다.

레이리는 망자의 섬에서 나타나는 이벤트 몬스터로, 말과 같은 형태를 하고 있었다. 전신은 알록달록한 색깔로 이뤄져 있었으며 꼬리는 세 개인데 말발굽까지 내려올 만큼 길었다.

그리고 걸을 때마다 뾰롱뾰롱 하고 독특한 소리가 나는 것이 특징이었다.

'생명과 마나는 다 회복됐다.'

진월은 다른 몬스터들이 없다는 사실을 확인한 후 굴속에서 재빠르게 튀어나왔다. 아니, 있다고 할지라도 레이리만 죽이고 죽음을 맞이할 생각이었다.

레이리는 고가의 아이템을 자주 드랍하기에 절대로 놓쳐서는 안 되는 몬스터였다.

"일격!"

스파앗! 푸우욱!

선제공격을 하지 않는 레이리에게 다가간 진월의 일격이 빛을 뿜었다.

히이이잉!

레이리가 고통에 찬 비명을 터뜨리더니 전신이 붉게 타올랐다.

크릉! 크릉!

레이리의 콧김에서 거친 숨이 뿜어져 나왔다. 온순해 보이던 조금 전 모습은 더 이상 찾아볼 수 없었으며, 거친 야생마처럼 진월을 향해 돌진했다.

쉬이익! 치이익!

'피해도 영향권이군.'

레이리의 돌진을 옆으로 피한 진월은 화끈거림을 느꼈다.

레이리의 전신에서 타오르는 기운은 불꽃의 힘을 가지고 있었는데, 근방에 있기만 해도 데미지를 입었다.

'하지만 내가 질 일은 없다.'

진월은 이틀 전 한 유저가 솔로로 레이리를 잡는 광경을 목격했다. 그 후 그에게 물어보니 레벨은 높아도 능력치는 자신보다 낮은 유저였다.

"물의 파편!"

재차 돌진해 오던 레이리에게 물방울들이 파고들었다.

스르륵!

그러자 레이리의 신형이 흐릿해지더니 어느새 진월의 눈앞으로 이동됐다. 하나 그 능력을 미리 알고 있던 진월은 당황하지 않으며 침착하게 스킬들을 연계했다.

"10선! 폭!"

쉐에에엑! 콰아앙!

10선과 폭이 나란히 레이리의 전신을 강타하자, 신형이 휘청거리며 불꽃의 색깔이 점차 검게 변했다.

퍼퍼펑!

"섬광!"

사아아악!

레이리의 주변에서 검은 불꽃이 연쇄 폭발을 일으키자, 진월은 섬광을 시전하며 숨을 멈췄다.

그럼에도 이미 폭발의 데미지에 휩쓸리고, 폭발 후 검은 연기를 일부 들이마시면서 생명이 한순간에 꽤 깎여 버렸다.

만약 지금의 상황을 미리 간접경험해 보지 못했더라면 더 큰 피해를 입었을 것이다.

"반월!"

진월은 레이리에게서 거리를 벌리며 이럴 때에 탁월한 반월을 시전했다. 반달의 기운이 먼 거리를 단숨에 좁히며 레이리의 목을 강타했다.

지이잉.

그러자 레이리의 전신이 투명해지기 시작했는데, 체력이 채 얼마 남지 않았다는 알림과 같았다.

'좋아, 제발 좋은 아이템 좀 줘라!'

진월은 들뜬 기분을 감추지 못한 채 숨을 크게 들이마시며 레이리와의 거리를 좁혔다. 그 후 남은 마나를 폭발시키며 레이리가 죽기 직전의 상태까지 만들었을 때다.

"10……."

최후를 장식할 10선이 발휘되려는 그때였다.

슈우웅! 파지직!

왼편에서 노란색 섬광이 발출되더니 레이리의 머리를 관통하고 사라졌다. 그뿐 아니라 누군가의 마법과 함께 진월의 다리가 얼어붙었다.

그사이 막타를 날린 듯한 한 남자가 활을 든 채 순식간에 다가와 레이리가 드랍한 아이템들을 챙겼는데, 낯익은 얼굴.

그는 바로 리얼이었다.

"여기서 만나는군?"

"그러게 말이야."

리얼이 웃는 얼굴로 빈정대자 진월은 애써 마음을 추스르며 대답했다. 그러면서 주위를 살피는데 또 다른 익숙한 이가 눈에 들어왔다.

"이게 누구신가?"

울트가 여유롭게 웃으며 한 걸음 한 걸음 다가왔다. 동시에 진월은 속에서 분노가 치밀었지만 내색하지 않았다.

분해하고 괴로워하는 것이야말로 진정 이들을 기쁘게 해 주는 일이다.

"저자가 진월입니까?"

'길드원인가?'

그 뒤를 이어 처음 보는 붉은 망토를 걸친 남자 마법사가 호기심에 찬 목소리로 물었다.

"그래, 그 유명한 진월이지. 이봐, 아무리 그림자 여우라도 망자의 섬에서 솔로 플레이는 심하지 않아?"

"네가 상관할 일은 아닐텐데?"

마법의 효과가 사라져 다리가 풀리자 진월은 발목을 이리저리 돌리며 대답했다.

"아참, 레이리를 양보해 줘서 고맙다. 크큭."

"알면 됐다."

울트의 자극에 진월은 괘념치 않는 듯 미소를 지었다.

드랍 아이템 중에서 완성형은 존재하지 않았다. 다만 주문서가 몇 장 떨어졌기에 어떤 것인지 몰라 속이 쓰렸지만 미련을 가져 봐야 자신만 손해. 하면 쿨하게 털어버려야 한다.

"이제 어찌 즐겁게 해줄까?"

"다음을 기대하지."

"다음이라? 그때도 같을 텐데?"

진월은 쓴웃음을 흘리며 고개를 저었다.

"자신감은 보기 좋아. 하지만… 그 자신감이 독이 될 수도 있어. 이전처럼."

울트의 볼살이 꿈틀거렸다.

곧 죽게 되리라는 사실을 잘 알면서도 자신 앞에서 당당한 진월의 태도가 언제나 마음에 들지 않았다.

"그래, 충고, 기억하도록 하지."

"재회 때 확인하도록 할게."

진월은 그 말을 끝으로 두 눈을 감았다.

울트와 리얼의 성격상 이 상황에서 자신을 절대 그냥 보낼 리가 없었고, 원망도 분함도 없이 받아들인다.

하나 절대 잊지 않고 강해져야 하는 이유의 밑거름으로 삼을 것이다.

차아악!

곧 날카로운 감촉과 함께 진월의 몸에서 피가 흩날렸다.

"시원하다."

안전한 곳에서 부활하자 곧바로 로그아웃을 한 진원은 차가운 물에 샤워를 마치며 방 안으로 들어왔다.

현재 시간은 오후 4시. 준비를 하고 목적지에 도착하면 6시 정도가 될 터였다.

"응? 혜주다."

그런 진원의 목소리가 밝아졌다. 전화가 왔는데 그녀였기 때문이다.

"여보세요?"

진원은 침대에 누우며 전화를 받았다. 혜주의 목소리가 들렸다.

"이제 전화 받네. 게임에서 나온 거야?"

"아아, 전화했었구나?"

가상현실 게임의 단점 중 하나였다.

"피잇. 문자도 많이 보냈거든!"

"미안. 퀘스트에 집중하느라고. 하루 잘 보내고 있어?"

"응. 네 생각 많이 하면서 보냈지. 접속했다면 귓속말이라도 나눴을 텐데……."

혜주가 마음을 솔직히 전한 그날, 차원의 틈새를 하고 있다

는 사실에 관해서도 얘기했다. 그리고 현재 혜주는 지배자 길
드를 탈퇴한 상황이었다.

"그러게. 퀘스트가 끝나면 같이 사냥도 하고 데이트도 하
자."

진원의 목소리에서는 따스함이 배어 나왔다.

현실에서는 아직은 조심해야 되는 시기이기에 만남도 쉽
지 않지만 차원의 틈새에서는 달랐으며, 생각만 해도 벌써부
터 들뜨는 듯했다.

"오늘… 그날이지?"

"어. 기억하고 있었구나."

진원의 목소리에 자신도 모르게 슬픔이 새어 나왔다.

"혼자 갈 거야?"

"응. 그게 편해서."

내심 그녀와 같이 가고 싶은 마음도 있지만 진원은 그럴 수
없었다. 약한 모습은 그 누구에게도 보이고 싶지 않았다.

그래서 아침에 얘기를 꺼냈던 미진에게도 혼자 갔다 오고
싶다는 뜻을 전했었다.

"알았어. 힛, 잘 다녀와."

"응. 걱정하지 마. 가면서 연락할게."

"아앙. 보고 싶어."

"나도."

전화를 끊은 진원은 짧게 한숨을 내쉬며 옷장을 찾았다. 평

소에 입지 않는 옷이다 보니 어디에 뒀는지 기억도 나지 않았
다.

"여기 있구나."

한참이나 씨름을 하고 난 뒤에서야 진원은 검은색 정장을
꺼내 입은 후 집을 빠져나갔다.

촤아악. 투툭.

차원의 틈새처럼 비 내리는 세상에서 우산을 쓴 채 진원은
어딘가를 하염없이 바라보고 있었다.

그곳은 바로 여동생을 화장해서 뿌린 바닷가였다.

만약 죽으면 자신이 좋아했던 바다에 뿌려달라던 여동생
의 바람을 들어준 것이다.

"잘 지냈어?"

진원은 막막하게 아려오는 가슴을 진정시키며 모래사장에
신문지를 깔았다.

그 후, 미진이 만들어준 간단한 전과 나물을 올렸으며, 그
녀가 좋아했던 과자와 음료수를 꺼냈다.

보통 죽은 이들의 기일에는 술이 항상 빠지지 않지만, 평소
술을 못 마신 그녀였기에 제외했다.

"시간 참 빠르다. 그렇지?"

밤이 찾아오고 비 내리는 한적한 해변가.

진원은 다른 신문지를 밑에 대고 앉으며 그녀에게 말을 건

넸다. 침묵 속에서 그녀의 대답이 들리는 듯했다.

"아 참, 오빠 다시 혜주랑 사귀게 됐어. 물론… 혜주네 집 안에서 아직 반대가 심하지만, 목표를 꼭 이뤄서 허락받으려고. 도와줄 거지?"

치이익.

진원이 캔 맥주를 한 모금 마셨다. 시원하면서도 기분 좋은 따가움이 목을 스치고 지나갔다.

"노력할게. 그리고 지지 않을게. 내 삶에, 내 슬픔에 잡아 먹히지 않을게. 부모님도 너도… 내 마음속에 언제나 함께하니까. 나는 절대 혼자가 아니니까."

세상에 혈육 한 명 없는 고아가 된 삶. 하지만 진원은 자신의 삶을 원망도, 비관도 하지 않았다.

소중한 이들이 있고, 따스한 기억이 추억에서 머무르기에.

"갈게. 바보야, 자주 올게."

맥주 두 캔을 비운 진원은 쓰레기를 정리하며 자리에서 일어나 등을 돌렸다.

사아아.

밀려오는 파도가 마치 대답을 하는 듯했다.

"이 빌어먹을 놈들!"

진월의 입에서 절로 욕이 터져 나왔다.

그런 진월의 등 뒤에서는 검고 흐느적거리는 벌레 세 마리가 맹렬히 뒤쫓고 있었다.

'도대체 언제 나오는 거야!'

떨어진 체력으로 인해 턱까지 숨이 차오른 진월은 짜증이 났다.

섬에 들어온 지도 어느덧 한 달째. 그사이 수없이 죽음을 맞이하며 곳곳을 돌아다녔지만 아직도 붉은 문을 찾지 못했다.

'레벨 업도 못하고!'

목적이 굴을 찾는 것이니 몬스터 사냥은 하지도 못했다. 간혹 상황이 여유롭다 싶으면 한두 마리씩 처치하기는 했지만 좋은 아이템은 나오지 않았다.

한마디로 진월의 입장에서는 한 달이란 시간을 고스란히 낭비한 것이다. 오로지 달리고만 있으니 말이다.

출렁출렁!

한참을 달리던 진월은 절벽을 이어주는 구름다리 위로 올라섰다.

걸을 때마다 무게로 인한 영향인지 낡은 구름다리는 위험할 정도로 휘청거렸고, 진월은 조심스럽게 걸음을 떼며 뒤를 확인했다.

스윽! 스윽!

'젠장, 따라오는군.'

혹시나 하며 기대를 갖고 있었는데 구름다리 위로 올라올

줄이야!

휘청!

'이, 이런!'

진월의 안색이 급속도록 일그러졌다. 놈들이 따라오는 것만도 괴로운데, 거대한 벌레 세 마리가 올라타면서 구름다리가 격하게 휘기 시작했다.

트트특!

왜 불안한 예감은 언제나 이토록 잘 들어맞을까.

무게를 이기지 못한 구름다리의 줄이 끊어져 가는 소리가 들려왔고, 진월은 회피를 시전하며 필사적으로 달렸다.

높이를 계산했을 때 이곳에서 떨어진다면 무조건 죽음을 맞이할 것이다. 끝이 보이지 않는 아래에 설령 물이 있다고 해도 마찬가지다.

그 정도로 까마득한 높이였으며, 끊어지기 전에 건너야 했다.

투욱!

하나 절반을 겨우 넘어섰을 때, 그런 진월을 잡기 위해 열심히 움직여 준 세 마리의 벌레 덕분에 구름다리는 결국 끊어져 버렸다.

"흐으읍!"

진월의 육체가 빠른 속도로 추락했다.

만약 절벽에 가까이라도 있었더라면 카리스를 꺼내 속도

를 늦춰봤을 텐데, 지금은 그조차도 불가능했다.

'어쩔 수 없지.'

진월은 살기를 체념했다. 어차피 죽음을 피할 수 있는 상황도 아니고, 죽어봐야 패널티없이 근처 안전한 곳에서 부활하니 무슨 짓을 해서라도 살려고 발버둥치지 않아도 됐다.

아니, 생명과 마나, 체력이 바닥인 지금 어쩌면 더 잘된 일인지도 몰랐다.

슈우웅! 터억!

곧 진월의 육체가 진흙탕 위로 떨어졌다.

"에엥?"

진월은 당혹스러움을 감추지 못하며 위를 올려다봤다.

자신은 분명 진흙탕에 떨어졌는데 마치 마법으로 인한 환영인 것처럼 그대로 통과했다. 더군다나 통과하면서 떨어지는 속도가 저절로 늦춰지더니 안전하게 착지가 됐다.

'젖지도 않았어.'

자신의 몸을 살펴보던 진월의 가슴이 세차게 두근거렸다.

망자의 섬에 이런 공간이 있다는 얘기는 들어본 적이 없다. 그렇다면 둘 중 하나였다. 특혜가 있는 비밀의 공간이거나, 혹은 자신의 퀘스트와 관련된 곳.

'제발.'

어두운 동굴과 같은 곳을 천천히 걸어가며 진월은 간절히 바랐다. 그리고 10여 분이 흘렀을 때다.

“됐다!”

진월이 두 주먹을 불끈 쥐며 저도 모르게 기쁨을 표출했다. 그토록 찾던 붉은색의 문이 나타났기에.

“우야꼬, 우야꼬.”

붉은 빛이 머무르고 있는 문을 열고 안으로 들어서자 컬컬한 목소리가 들렸다. 그 목소리의 주인은 150㎝ 정도밖에 안 될 법한 작은 키의 노인이었다.

그 곁에는 하얀색의 작은 여우도 자리하고 있었다.

“어쩌자고 저런 놈이 왔을꼬?”

“맞아, 맞아!”

“……”

노인과 여우의 보자마자 대놓고 무시 작렬!

“누구신지요?”

진월은 절로 주먹에 힘이 불끈 들어갔지만 마음을 다스리며 침착하게 물었다. 상대는 분명 망자의 여정 NPC일 테니.

“그건 알아서 모 할라꼬? 쓰잘데기없는 놈이!”

“그래, 쓰잘데기없으면서!”

‘아하하! 이 영감탱이랑 여우새끼가!’

기껏 예의를 갖춰줬더니 돌아오는 것은 면박!

“에휴, 에휴, 어쩌자고 후계자를 저걸로 했을꼬.”

진월의 두 귀가 쫑긋거렸다. 자신이 유지를 이어받은 이는 단 한 명뿐이었다.

"카인님을 말씀하시는 것인지요?"

"눈치 하나는 빠르네이. 실력도 그랬으면 얼마나 좋았을
꼬!"

"눈치만 쓸 만하네!"

"제 실력을 아신단 말씀입니까?"

이때까지의 경험을 통해서 분명 노인이 대단한 능력을 갖
췄을 것이란 파악이 가능했다. 한데 실력 테스트도 없이 무시
만 하고 있으니 진월로서도 답답한 노릇이었다.

"똥인지 된장인지 꼭 처무야 아나? 닌 누가 봐도 똥이다,
똥!"

"에잇, 냄새나! 냄새나!"

삿대질까지 하며 망언 폭발! 졸지에 똥이 된 진월의 얼굴이
꿈틀거렸다.

"먹어보고 결정하시죠?"

"우야노. 이 건방진 똥이 뎀비네!"

"덤비지 마! 더러워!"

'똥 아니거든!'

진월은 대꾸를 생략하며 영감에게 카리스를 겨눴다. 여우
보다는 영감이 나서리라 판단한 탓이다.

한데 예상과는 다르게 상황이 흘러갔다.

"내는 더러워서 못한데이. 네가 해삐라."

"나도 더러운데! 나도 더러운데!"

'안 더럽다고!'

영감이 여우에게 손짓하더니 몇 걸음 뒤로 물러섰다. 그러자 여우는 불만에 가득 찬 채 볼을 부풀리며 진월을 쳐다봤다.

"너는 후회한다! 후회한다!"

끼야아앗!

그 말과 함께였다. 여우의 입에서 괴성이 터져 나오더니 몸집이 점점 커지기 시작했다. 전신에서 증가하는 기운 역시 진월의 몸이 저절로 떨릴 정도였다.

"반월!"

멍하니 여우의 변화 과정을 지켜보던 진월은 다급히 정신을 차리며 반월을 시전했다.

느껴지는 기운으로만 봐도 자신과 여우의 실력 차이는 확연히 드러났다. 하면 그 격차를 조금이라도 좁히기 위해서는 선제공격이 필수였다.

쉐에에엑! 퍼어엉!

자연의 기운을 머금은 반월이 어느새 진월보다 더 커진 여우의 흰색 털에 부딪치며 사라졌다.

그러나 여우는 아무런 데미지도 입지 않은 듯 늘어지게 하품을 하며 고개를 돌릴 뿐이었다.

'포기할 수 없지!'

　전의를 상실하기에 충분한 상황이지만 여기까지 오며 괴물 같은 NPC들을 여러 차례 겪은 그였다.

　설령 무참히 패배한다 할지라도 죽음 그 순간까지 최선을 다하리라 마음먹으며 거리를 좁혔다.

　"섬광!"

　스스슥!

　진월의 육체가 잔상을 남겼다. 바로 그때였다, 섬광이 발동되기 직전 여우의 신형이 눈앞에서 사라졌다.

　"뭐……."

　마치 텔레포트라도 한 듯 순식간에 벌어진 일!

　진월은 뒤에서 느껴지는 진득한 살기에 공격을 예측하며 황급히 앞으로 몸을 날렸다. 돌아보다가는 피하지도 못한다!

　하나 여우는 믿을 수 없는 반사신경과 움직임으로 어느새 진월을 뒤따라 잡으며 커다란 앞발을 휘둘렀다.

　뻐어억! 우당탕!

　"커허억!"

　뼈가 부서지는 소리와 동시에 진월의 육체가 허공을 가르더니 벽에 부딪쳤다.

　비틀비틀.

　'마, 말도 안 돼.'

　진월은 단 일격에 다리가 후들거리는 것을 느끼며 경악했다.

‘여우였던가?

어쩌면 퀘스트 NPC는 노인이 아닐지도 모른다.

“집중해라! 집중해라!”

진월의 집중력이 흐려졌다는 사실을 파악한 여우의 날카로운 목소리가 귀를 파고들었다. 진월은 위기를 느끼며 다급히 양팔을 X 자로 교차했다.

파지직! 덜렁덜렁!

‘이, 이런……!’

꼬리가 눈앞까지 도달했기에 피할 수 없다 판단하며 막았는데, 부딪친 곳이 부러지며 팔이 덜렁거렸다.

“인제 알겠노? 넌 고작 이 정도인기라. 쯧쯧.”

노인이 한심하다는 듯한 표정을 지으며 혀를 찼지만 진월은 아무런 대꾸도 하지 못한 채 고개를 떨어뜨렸다.

이기리라고는 애초에 믿지 않았지만, 단 두 번의 공격에 카리스를 떨어뜨릴 줄이야. 압도적인 격차였다.

“여우새끼 있제?”

“여우! 여우!”

“네?”

노인의 손짓과 함께 치료를 받은 진월이 팔을 움직이며 되물었다.

“니 여우새끼 한 마리 안 있나?”

“갖고 있잖아! 갖고 있잖아!”

‘애란을 말하는 것이군.’

그때야 노인이 말하는 여우가 무엇인지 알아차린 진월이 고개를 끄덕였다.

“후딱 꺼내봐라. 니뿐만 아니라 그 새끼도 담가야 된데 이.”

“담그자! 담그자!”

“알겠습니다.”

무엇을 말하는지 알 수는 없었지만 진월은 어차피 곧 알게 되리라 판단하며 애란을 소환했다.

스파아앗!

“하아암! 앗! 서방님!”

자고 있었던 듯 두 눈을 비비며 길게 하품을 하던 애란이 진월의 품에 달려가 안겼다.

“고마 떨어지고, 후딱 저짝에 담그레이.”

“얼른! 얼른!”

노인과 여우의 이중창에 진월은 그가 손가락으로 가리키는 곳을 쳐다봤다. 그곳에는 검은색의 물이 부글부글 끓고 있었다.

“무 하노, 얼른 안 담그고?”

찝찝한 느낌에 진월이 잠시 망설이자 노인이 재촉했다.

‘어쩔 수 없지.’

퀘스트 진행을 위해서는 NPC의 말을 들어야 했다. 설령 자신이 노인이나 여우보다 강하다 할지라도 마찬가지다.

퀘스트를 포기할 수는 없으니 말이다.

풍덩!

"아악! 주인님!"

결국 진월은 애란을 품에 안은 채 물에 뛰어들어 갔고, 갑작스런 사태에 놀란 애란은 비명을 지르다가 곧 표정이 서서히 풀리기 시작했다.

뜨거울 듯했는데 온천처럼 딱 적당한 온도였다.

"그서 잘 들으라. 여정을 떠나려 해도 현재 네들은 가도 못한데이. 그짝의 기운을 네놈들이 이겨낼 수 없으니 말이다. 그라니 몸뗑이를 견딜 수 있도록 변화시키는 기라. 쪼매 괴롭겠지만 우짜노. 네놈들이 형편없는 기 죄인기라."

노인의 말이 끝났을 때다. 진월은 물론 애란의 표정이 삽시간에 일그러졌다.

온몸의 피로가 사라지는 듯한 온도가 점점 오르기 시작하더니 물줄기가 용암처럼 솟구쳤다.

한데 그 물줄기가 진월과 애란의 육체 속으로 파고들었다.

"크으윽!"

"아악! 아아악!"

둘의 입에서 비명이 터져 나왔다.

살에 아무런 상처를 입히지 않은 채 피부에 스며든 물줄기들이 전신을 돌아다니기 시작했다.

　그런데 그 고통이 얼마나 끔찍한지 입에서 침이 새어 나왔으며, 온몸이 부들부들 경기를 일으켰다.

　"사, 살려줘! 서방님!"

　결국 참지 못한 애란이 진월을 부르며 자리에서 벌떡 일어서려 했다. 하지만 그녀의 뜻은 이뤄지지 않았다.

　마치 무언가가 족쇄를 채우고 있는 듯 몸이 움직여지지 않았다.

　"끄으……."

　결국 애란은 그 고통을 이겨내지 못한 채 두 눈이 뒤집히며 정신을 잃었고, 진월은 이가 부서질 듯이 물며 맞섰다.

　"쪼매 근성은 있네이?"

　"근성있다! 근성있다!"

　살짝 놀란 듯한 노인과 여우의 반응 속에서 시간은 흘렀다.

Chapter 3
마계

Shadow
Fox

보글보글. 쿨쿨.

'어떤 의미로는 정말 대단하네.'

보름이라는 시간이 흘렀을 때, 진월은 기가 찬 얼굴로 애란을 쳐다봤다.

처음과 같이 물이 피부를 헤집고 있음에도 불구하고 애란은 이제 잠을 자고 있었다. 비록 익숙해졌다고는 하지만 여전히 견디기 힘든 고통인데 말이다.

'마치 물든 것 같군.'

애란에게서 시선을 뗀 진월은 자신의 팔을 확인했다. 물의 색이 스며든 것처럼 검게 변해 있었다.

‘역시 그곳이겠지.’

진월은 천천히 두 눈을 감으며 망자의 여정을 추측했다.

죽은 자가 갈 곳이라고는 차원의 틈새에서 사실상 한 곳밖에 존재하지 않았다. 바로 마계였다. 저쪽의 기운을 이길 수 없다던 노인의 말 역시 그 사실을 뒷받침해 주고 있었다.

‘마계라……. 어떤 곳일까. 유저들과 마주치지는 않겠지.’

차원의 틈새는 다섯 개의 차원이 존재한다. 마계 역시 그중 하나였다. 그래서 마계를 선택한 이들은 마족으로 플레이를 하고 있다.

하나 차원 공유가 도입되지 않은 지금에서는 말 그대로 차원 판타지 내에 존재하는 마계였다.

‘괴물들이 우글거리겠지.’

진월은 두려움과 함께 왠지 가슴이 떨리는 것을 느꼈다.

아직까지 그 누구도 마계에 갔다 온 이는 존재하지 않았다. 물론 소문은 돈 적이 있었지만 모두 거짓이었다.

영상은 그 누구도 보여주지 못했고, 스샷을 내민 유저는 있었지만 합성이라고 판명이 났다.

또한 문의를 해본 결과, 차원 판타지에서는 그 누구도 마계에 접촉하지 않았다는 결정적인 답변이 왔다.

‘내가 첫 번째다.’

진월은 주먹을 불끈 쥐었다. 운영자의 답변 중에는 유저가 마계와 접촉하는 순간 모든 이들이 알 수 있다고 했다.

즉, 단숨에 모든 유저들의 관심을 받고 유명세를 또다시 높일 수 있는 기회가 찾아온 것이다.

부북! 부부북!

"어?"

그때였다. 괴이한 소리와 함께 피부 곳곳이 풍선처럼 부풀어 오르기 시작했다.

그 모습은 차마 눈으로 보기 흉측할 정도였으며, 진월의 얼굴은 순식간에 어두워졌다.

하지만 영감의 두 눈이 번쩍 뜨이며 기대에 차오르자, 이제야 이곳에서 벗어날 수 있다고 확신하며 마음을 애써 편히 가졌다.

퍼퍼펑!

곧 진월과 애란의 피부가 폭발을 일으키며 한곳씩 터져 나가기 시작했고, 그 모든 과정이 끝나자 둘의 검게 물든 피부에는 은은한 빛이 서렸다.

"이제야 됐노. 후딱 나오니라!"

"얼른 나와! 얼른 나와!"

탁탁! 쩌저적!

노인이 서두르며 새하얀 빛의 지팡이를 허공에 두드렸다. 그와 함께 놀라운 일이 발생했다.

땅이 갈라지는 듯한 굉음이 들리더니 아무것도 없던 허공에 둥그런 검은 터널이 형성되었기 때문이다.

“이제 가재이.”

“가자! 가자!”

의미심장한 미소를 흘리며 가뿐히 터널 위로 올라서는 노인과 여우.

진월은 쉼 호흡을 몇 번 하며 마음을 진정시킨 후 애란과 함께 그 뒤를 따랐다. 드디어 마계 입성이었다.

진월님이 마계에 최초로 입성하셨습니다.

명성이 1,□□□ 상승합니다.

주 스텟이 3□□ 상승합니다.

전체 스텟이 1□□ 상승합니다.

마계화된 육체로 인해 모든 데미지를 1□% 저항합니다.

‘이, 이건……’

살짝 물컹한 감촉이 드는 터널을 지나 반대편 입구에서 뛰어내렸을 때다. 진월의 몸이 부르르 떨렸다.

예상치 못한 대박에 몸이 먼저 반응하는 것이다.

‘명성이 1,000!’

그중 가장 기쁜 것은 명성이었다.

1주년 이벤트 때 다양한 승자가 결정되는데 그중에는 명성도 있었다. 그런데 지금까지의 진월로서는 포기할 수밖에 없을 만큼 격차가 벌어져 있었다.

하나 갑작스럽게 1,000의 명성을 획득하면서 단숨에 좁혀버렸고, 명성 1등도 허황된 꿈이 아니게 됐다.

'스텟 상승도 대단히 높다.'

더불어 주 스텟 300, 전체 스텟 100의 상승은 쉽게 볼 수 없는 혜택. 거기에다가 모든 데미지 저항 10%는 입이 쩍 벌어졌다.

레벨이 높아질수록 상승효과가 큰 혜택이었으며, 사냥과 PvP 어떤 상황에서든 빛을 발휘할 것이다.

"이짝이 마계데이."

"예. 처음 와봅니다."

노인의 말에 진월은 생각에서 벗어나며 주위를 둘러봤다.

먹구름이라도 낀 듯 온통 그늘이 져 있는 세상, 그리고 숨을 쉬기가 불편하다고 느껴질 만큼 묵중한 공기.

오오오.

낮은 바람 소리가 적막을 깨우는 이곳, 바로 마계였다.

"그런데 애란은?"

무심결에 애란을 찾던 진월이 주위를 살피며 물어봤다. 자신의 손을 잡고 함께 건너온 애란이 보이지 않았다.

“가가 무긋다.”

“예?”

말뜻을 쉽게 이해하지 못한 진월이 되묻자 노인이 귀찮다는 듯 손가락을 튕기며 재차 설명했다.

“야가 무긋다고!”

그런 노인의 발 앞에는 애란과 함께 모습이 보이지 않던 여우가 배가 잔뜩 부른 채 나타나 있었다.

“먹었다면……?”

“니만 강해질라꼬? 가도 똥이더구만.”

진월의 안색이 밝아졌다. 노인의 말인즉슨, 여우가 애란을 수련시키고 있다는 뜻이 아닌가!

‘드디어……!’

그동안 짐밖에 되지 않았던 애란이 스쳐 간 진월의 두 눈동자에 눈물이 그렁그렁 맺혔다. 이제야 애란이 밥값을 하게 된단 말인가!

“자, 온데이.”

“예?”

두두두두!

노인이 턱짓을 하며 말했을 때다. 지축이 흔들리는 느낌과 함께 진월은 긴장하며 고개를 돌렸다.

검은 먼지구름이 전진하고 있었다. 잠시 후 그 속의 존재들을 볼 수 있었는데, 진월은 저도 모르게 침을 꿀꺽 삼켰다.

뼈밖에 없는 말을 타고 다가오고 있는 수많은 해골 대군!

그들은 검과 방패를 쥐고 갑옷으로 무장한 상태였다.

"흘흘. 우짤꼬? 뒤지지 말구 알아서 살아남아야 한데이?"

'젠장.'

노인이 뒷짐을 진 채 즐겁다는 듯이 말하자 진월은 고개를 끄덕이며 카리스를 쥔 손에 힘을 잔뜩 쥐며 달려갔다.

해골 병사들의 실력이 어느 정도인지도 알 수 없지만 상황이 이런 이상 부딪쳐 보는 게 정답!

"10선!"

쉐에에엑!

열 개의 선이 아름다운 곡선을 만들며 말들의 다리를 노렸다.

퍼서억! 트트특!

그로 인해 네 마리 말의 다리가 부서지며 무너졌는데, 해골들은 말과 동료들이 채 정비도 하기 전에 무참히 밟으며 전진했다.

"물의 파편!"

그들의 비정함에 살짝 눈살을 찌푸린 진월은 이곳이 마계란 사실을 떠올리며 곧바로 스킬을 연계했다.

스파앗!

물방울이 사방으로 흩어지며 해골들의 사지를 무너뜨렸다.

'방어력은 대단히 약하군.'

데미지 스킬이 아닌 범위 스킬임에도 불구하고 해골들은 닿는 족족 쓰러졌다. 한데 그럼에도 진월은 기뻐할 수 없었다.

불행 중 다행이기는 했으나, 적의 수가 너무나도 많았다. 곧 진월은 순식간에 둘러싸였고 치열한 전투가 펼쳐졌다.

퍼억!

"크으윽! 10선!"

쉐에엑! 파파파팟!

해골의 단단한 철검에 등을 강타당한 진월이 몸의 균형을 잡으며 10선을 시전했다.

그러자 몇의 해골이 와르르 무너지며 재가 되어 사라졌지만, 진월의 얼굴에는 초조함이 서리기 시작했다.

20여 분의 시간 동안 마나 대비 최대의 효과를 위해 범위 스킬만 시전하며 쓰러뜨린 해골의 수가 대략 100은 넘었다.

한데 지쳐가는 자신과 달리 해골들은 여전히 끝이 보이지 않았다.

터어억!

"치잇!"

방패에 턱이 찍힌 진월은 다급히 카리스를 휘둘렀다.

팔을 움직이는 것 자체가 무겁게 느껴질 만큼 피로했지만 빠져나갈 수도 없는 지금 최선의 길은 공격뿐이었다.

설령 죽더라도 하나라도 더 쓰러뜨리겠다는 각오.

파파팟! 파파파팟!

'진정 괴물은 저기 있었군.'

그때 뒤에서 들리는 소리에 고개를 힐끔 돌린 진월은 혀를 내둘렀다.

해골들은 진월만 노리는 것이 아니었다. 당연히 그 뒤에 자리하고 있는 노인 역시 타깃이 될 수밖에 없었다.

만약 진월이 앞에서 모두 붙잡아둘 수 있다면 모르겠지만 그런 능력이 되지를 못했다.

그로 인해 많은 해골들이 뒤에 있는 노인에게도 해일처럼 들이닥쳤는데, 놀라운 일이 발생했다.

해골들이 근처에 다가가기만 해도 산산조각이 나는 것이다. 영감은 하품을 하면서 가만히 앉아 있는 듯한데.

하나 진월은 알아차릴 수 있었다.

자신의 눈으로도 쫓을 수 없지만 영감은 말 그대로 신급의 속도로 해골들에게 일격을 가하고 있다는 사실을.

지글지글!

"우짤꼬! 껍따구가 타빗네!"

'새는 어디서 나온 건데!'

온몸 곳곳이 상처투성이가 되어 맞서던 진월은 고소한 냄새에 고개를 돌렸다가 욱해 버렸다.

그래, 퀘스트이니 도움을 기대하지는 않았다. 한데 꼭 저토록 얄밉게 혼자 고기까지 구워 뜯어 먹으며 여유를 부려야 된단 말인가?

자신은 지금 생사가 왔다 갔다 하고 있는데 말이다.

"그러다 뒤진데이."

"알고 있거든요!"

진월은 짜증 섞인 목소리로 대답하며 카리스를 위로 치켜올렸다.

채애앵! 푹푹!

"흐아압!"

묵직한 충격음과 함께 사방에서 철검이 파고들었다. 진월은 통증 속에서 이를 꽉 깨물며 전력을 다해 해골들을 밀쳐냈다.

우르르르!

전방에 있던 해골이 그 힘을 이기지 못하고 말에서 떨어져 내렸다. 그러나 단순히 밀린 것이기에 금세 일어나며 재차 달라붙었다. 정말 끝없는 싸움이었다.

*　　　*　　　*

"진월님은 정말 놀라운 분이군요."

진월이 해골들과 전투를 시작한 지 보름째, 퀘스트를 끝내고 돌아온 소울이 감탄을 금치 않으며 말했다.

"우리 오빠니까요!"

스나가 뿌듯한 얼굴로 힘차게 말했다.

아직까지도 진월을 향한 애틋한 감정이 남아 있었지만 오빠로서 보기 위해 노력 중이었다.

"니 오빠라니? 내 친구지!"

훈남이 그런 스나에게 진월을 빼앗길 수 없다는 듯 가슴까지 두드리며 얘기했다.

"동시에 우리의 마스터이기도 하지."

대한의 얼굴에 흡족함이 스치고 지나갔다.

"마계, 가고 싶다."

침묵을 지키며 음료수를 마시던 다솜이 짧게 속내를 비쳤다.

마계에 입성한 최초의 유저! 그로 인해 진월은 또다시 이름을 모두의 머릿속에 각인시켰으며, 유명세가 더욱 치솟았다.

"방송국에서 좋아하겠다."

"그렇지? 오빠 돈 더 많이 벌겠어."

스나가 훈남의 말에 동의하며 미소 지었다.

그가 차원의 틈새를 시작한 이유 역시 돈 때문이라는 사실을 잘 알고 있었고, 진월의 기쁨은 곧 자신의 기쁨이었다.

"저도 마계에 가보고 싶군요. 그곳은 어떤 곳일지…… . 더욱 강해지셔서 돌아오겠군요."

소울이 부러움을 감추지 못했다. 넘어설 수 있다고 믿으면 그는 언제나 한 걸음 더 나아가 있었다.

'그러나 PvP만은 제가 꼭 넘어서겠습니다.'

모든 면에서 현재의 진월을 앞설 수 없었다. 그만큼 진월은 차원의 틈새에 있어서 가장 화제를 몰고 다니는 인물이었으니까.

하나 PvP에 특화된 준 히든 클래스 사신이기에 그 부분에서만큼은 소울 역시 양보하고 싶은 마음이 없었다.

선의의 라이벌인 소울의 가슴에서 호승심이 피어올랐다.

"저는 그만 가보겠습니다."

진월의 얘기가 끝나고 길드의 안건도 마무리되자 소울이 자리에서 일어섰다.

B+의 연계 퀘스트를 받았다. 이 퀘스트를 끝낼 때면 자신 역시 현재를 월등히 넘어서 진월과 마주할 수 있을 것이다.

'그날을 기약하지요.'

소울은 1주년 이벤트를 떠올렸다. 그 속에서 자신과 진월은 결승에서 마주하고 있었다. 그리고 승자는 자신이 될 것이다.

*　　*　　*

"정령의 숨결!"

좌아악!

스나가 스킬을 발휘하자 푸른 물결이 회오리치며 거대한 두꺼비와 흡사한 몬스터를 휩쓸었다.

"휴우. 오늘도 레벨 업 좀 했다."

"예. 히히……."

"무슨 일 있니?"

파티가 해산되고 스나와 잠시 얘기를 나누려던 마법사 여인이 걱정스런 눈길로 되물었다.

한 달 전에 알게 되어 자주 같이 사냥을 했는데, 평소처럼 밝은 척하려 하지만 오늘은 왠지 모르게 그늘이 진 듯했기 때문이다.

"시간이 지나면 잊혀질까요……?"

그녀의 물음에서 마법사 여인은 소중한 이와의 이별이란 사실을 추측할 수 있었다.

"그런 말이 있잖아. 사랑은 시간을 잊게 하고, 시간은 사랑을 잊게 한다고. 사람은 누구나 알고 있지 않을까. 단지 마음이 받아들이지 못하는 것뿐이겠지. 그 속에서 점점 깨달아가는 거라 생각해. 물론 어떤 명언도 모두에게 허용되지 않듯 예외인 사랑도 존재하겠지만."

"그렇죠. 그 어떤 사랑도, 상처도 시간이 지나면 잊혀지는 거겠죠. 그땐 소중한 추억이 되어 기억에 남아 있겠죠."

스나의 얼굴에 쓸쓸함이 맺혔다.

"무슨 일인지 물어봐도 될까?"

그녀가 조심스럽게 말을 꺼내자 스나는 나무에 등을 기대며 자신의 얘기를 전했다.

평소 속사정을 잘 말하지 않는 스나였지만 때로는 그 누군가에게 털어놓고 싶을 때가 있었다. 단지 얘기를 하는 것만으로도 위로를 받는 듯.

"그래서… 이제 오빠로만 바라봐야 해요. 내 마음이 어떻든 그 사람 걱정시키고 싶지 않으니까. 나보다 그 사람이 더 소중하니까."

"……."

얘기를 모두 전해 들은 여인은 잠시 아무런 말을 할 수 없었다.

스나가 안타깝고 가여운 마음도 있었지만 그녀가 이토록 놀란 것은 다른 이유에서였다.

"저기 혹시… 그 사람이……."

"예?"

"진원이야?"

"어……?"

그녀가 그의 이름을 꺼내자 스나는 큰 눈을 껌뻑거리며 자신의 귀를 의심했다.

얼마 전에 알게 된 이 사람에게서 어찌 진원의 이름이 나온

단 말인가. 그것도 진월이 아닌 진원이었다.

즉, 현실에서 진원을 알고 있다는 뜻!

"어떻게 아셨지?"

"맞구나."

여인이 복잡한 감정을 담아 한숨을 내쉬며 잠시 머릿속을 정리했다. 그리고 짧게 숨을 내쉬며 스나에게 솔직히 전했다.

숨기려고 한다면 얼마든지 그럴 수 있겠지만 예의가 아닌 듯하기에.

"내가 바로 혜주야."

그녀는 바로 아인이었다.

*　　*　　*

"하아, 하아."

진월은 터질 듯한 숨을 내쉬며 자리에 털썩 주저앉았다. 드디어 끝나지 않을 것 같던 지독한 전투가 마무리됐다.

'대략 보름 정도였나.'

진월은 호흡을 고르며 지난 시간을 떠올렸다.

수없이 죽음의 사선을 넘나들었다. 하나 놀랍게도 죽지는 않았다. 퀘스트의 영향인지 생명이 1에서 더 이상 줄어들지 않은 것이다.

사실 그로 인해 진월로서는 더욱 괴로운 시간이었다.

포션도 쓸 수 없는 상태에서 절대 이길 수 없었던 전투. 만약 죽는다면 분명 부활했을 것이다.

그렇다면 생명과 마나는 물론 체력까지 회복이 될 터였다.

한데, 죽지를 않으니 밑바닥 체력에서 물에 젖은 솜과 같은 몸 상태로 끊임없이 움직여야 했다.

'더군다나 저 인간은!'

몸의 피로도가 조금씩 풀리자 진월은 피어오르는 얄미움 속에서 노인을 노려봤다.

해골의 수가 줄어들면서 더 이상 자신에게까지 들이닥치지 않자 노인은 아예 대놓고 잠을 자기도 했다.

자신은 뼈가 부러지기도 하고 들으라고 일부러 더욱 크게 비명을 내지르기도 했는데! 진정 뻔뻔함으론 해탈의 지경!

"이제 그만 일어나시죠?"

"흘흘, 이제야 끝났노? 한심하데이."

"거참, 미안하네요."

기지개를 켜며 하품을 하는 노인이 질책까지 하자 진월은 애써 웃으며 이를 갈았다. 그리고 계속해서 자리에 앉아 있는 노인에게 의아한 듯 물었다.

"안 가시나요?"

"아이다, 아이다. 쫌만 기둘리라."

진월은 고개를 갸웃거리며 주위를 두리번거렸다. 그 많던 해골은 더 이상 한 마리도 존재하지 않았고, 여기에 있을 이유가 없어 보였다.

하나 그가 아무런 목적 없이 시간을 지체할 리 없었기에 일어섰던 진월은 재차 자리에 앉았다.

서 있을 때보다는 앉아 있을 때가 회복이 더 빠르기에 조금이라도 효율적으로 채우기 위함이었다.

"이제 올 때가 됐는디 와 안 오노?"

"무엇이……."

트트특!

노인이 투덜거릴 때다. 진월은 말문을 열자마자 닫으며 다급히 뒤를 돌아봤다.

사실 시간을 지체하는 그 목적이 불안했다. 분명 자신이 피곤할 일이 뻔할 테니까.

'넷.'

거리가 좁혀지자 적을 파악한 진월이 카리스를 힘주어 잡았다.

해골은 보름 전의 대군과 비교하면 초라해 보이는 수였는데, 전신에서 이글거리는 마기가 무시할 수 없는 수준이었다.

아니, 오히려 단 넷이지만 자신 혼자서는 상대가 불가능하게 느껴질 정도였다.

스파아앗! 콰아앙!

그 순간 네 마리 중 활을 가지고 있던 해골이 활시위를 당기자 어둠의 기운이 순식간에 발출됐다.

‘이, 이런.’

가까스로 폭발의 영향권을 벗어난 진월의 두 눈이 휘둥그레졌다. 폭발의 범위 안은 말 그대로 초토화였다.

“저 혼자 싸우라는 겁니까?”

진월은 뒤도 돌아보지 못한 채 외쳤다. 퀘스트의 영향으로 아무리 죽지 않는 불사의 몸이 됐다지만 해도 해도 너무했다.

“그럼 누가 싸우노? 쯧쯧. 일루 오그라.”

진월이 지레 겁을 먹자 노인이 한심하다는 듯 혀를 차며 그를 불렀다.

스윽. 퍼억!

“커어억!”

한데 노인은 다가간 진월의 등에 손바닥을 갖다 대더니 기운을 발출했다.

‘이게 무슨······.’

입에서 피를 토한 진월은 말을 하다가 멈춘 채 주먹을 불끈 쥐었다. 전신 곳곳에서 주체할 수 없는 힘이 느껴졌다.

“뭐 한 것 같노? 똥 같은 네놈의 잠재력을 조금 끌어올렸다. 이제 할 수 있겠제?”

‘정보!’

이유를 알게 된 진월은 다급히 정보창을 확인했다.

Status　　生命:22,000(+10,000)　마나:15,530(+10,000)　체력:100

이름:진월	레벨:165	근력:968(+500)	체질:715(+500)	민첩:2,182(+500)
명성:3,020	성향:어둠	지식:576(+500)	재치:595(+500)	정신:679(+500)
직업:그림자 여우		행운:511(+500)	예술:495(+500)	상술:509(+500)
칭호:여우 그림자		소드:753(+500)	오감:684(+500)	친화:491(+500)
		여우:415(+500)	집중:369(+500)	극복:176(+500)

스텟 포인트:0

장비 효과:공격력+330~450　　방어력+135~155　　저항력+75~90
민첩 11%, 크리티컬 11%, 전체 스텟 11%, 체질 5%, 근력 5%, 정신 5% 상승

추가 효과:크리티컬 확률 5%, 명중률 5%, 공격 속도 20% , 근력 10% 상승, 데미지 저항 10%

직업효과: 어둠이 지배하는 시간, 공간 전체 스텟 10%, 크리티컬 5%, 전체 스텟 5% 상승, 스킬 쿨타임 감소 10%

'하, 하하.'

진월의 입가에 미소가 맺혔다. 전 스텟이 500씩 상승했으며, 생명과 마나는 10,000씩 상승했다.

사실 생명은 중요한 부분이 아니었다, 어차피 자신은 현재 죽지 않는 몸이니. 하지만 스텟과 마나는 큰 힘이 돼줬다.

"이 정도면 충분하지요!"

진월은 자신에 가득 찬 외침과 함께 적들에게 쇄도했다.

채애앵! 트트특!

검을 가진 해골기사와 카리스가 부딪치자 진월의 육체가 조금씩 뒤로 밀렸다. 근력과 민첩에 각기 500의 스텟이 상승했음에도 말이다.

채앵! 채앵!

'검술도 뛰어나다.'

그뿐 아니라 해골기사는 스피드는 물론 기술까지도 감탄성이 나올 정도였으며, 파괴력과 더불어 공수의 유연함까지 갖추고 있었다.

"일격!"

스파아앗!

해골기사의 검끝을 가까스로 피한 진월이 놀라운 반사신경으로 자세를 잡더니 기사의 목을 노렸다.

쉐에엑! 파지직!

'치잇!'

하지만 어느새 날아온 궁수의 활이 카리스에 적중했고, 진월은 얼얼한 손목을 매만졌다.

활의 위력이 얼마나 대단한지 일격이 소멸되는 것도 부족해 카리스를 놓칠 뻔했다.

쉬익! 쉬익!

그사이 왼쪽에서 해골권사가 거친 숨을 내쉬며 파고들었

다. 그런 그의 양 주먹에는 마기가 진하게 맺혀 있었다.

치이익!

진월의 미간이 찌푸려졌다. 분명 주먹을 피했음에도 불구하고 볼 쪽에 살이 벌어지며 피가 맺혔다.

여기도 있다!

동시에 오른쪽에서 검사의 강력한 휘둘러 치기가 옆구리를 노렸다. 카리스로 급하게 막은 진월의 육체가 크게 휘청거렸다.

양손으로 잡고 휘두른 탓에 위력이 더욱 거셌다.

쩌저적!

'빌어먹을!'

그때 발목이 얼어붙자 진월이 당혹한 표정으로 궁수의 곁에 서 있는 해골을 노려봤다.

그 해골은 검은색 로브를 뒤집어쓴 채 한 손에는 마치 새의 머리를 닮은 괴이한 지팡이를 들고 있었다.

권사와 검사가 시선을 뺏을 동안 궁수가 마기를 모았고, 궁수가 마기를 발출하기 직전 마법사가 움직임을 봉쇄한 것이다.

번쩌억!

거대한 칠흑빛의 마기가 활에서 폭발하듯 뿜어져 나왔다.

'어쩔 수 없다.'

수많은 검은 손에 붙잡힌 진월은 다리를 비틀어보다가 결심을 굳히며 이를 꽉 깨물었다.

피할 도리가 없었으며, 마기의 속도가 굉장히 빠르다 보니 다리에 힘을 집중시켜 빠져나가기도 늦었다.

하면 힘 대 힘으로 맞불을 놓는 것이 답이었다.

"섬광!"

콰콰콰쾅!

마기가 지척까지 접근했을 때 진월의 섬광이 토해졌다.

스텟이 상승했으며, 빛이 존재하지 않는 곳이기에 모든 효과를 최대한 받은 상태였다.

그 두 거대한 힘이 부딪치자 소용돌이치는 폭발 현상이 발생했다. 진월의 신형은 솟구치면서 뒤로 나가떨어졌다.

"쿨럭!"

진월의 입에서 한 움큼 피가 토해졌다.

섬광으로도 데미지를 모두 막아내지 못했고, 폭발이 지척에서 일어났기에 피해는 더욱 컸다.

타타탁!

"물의 파편! 10선!"

하나 통증에 괴로워할 시간도, 앉아서 여유를 부릴 틈도 존재하지 않았다.

궁수는 물론 이번에는 마법사조차 공격형 스킬을 준비하고 있었고, 권사와 검사가 그 시간을 벌기 위해 달려왔다.

좌아악! 사아아!

　물방울들과 고요함 속에 파괴적인 위력을 갖춘 열 개의 선이 권사와 검사를 노렸다. 그 틈에 진월은 회피를 시전하며 그 둘 사이의 빈 공간을 빠져나갔다. 현재는 마법사와 궁수를 먼저 처치하는 게 우선이었다.

　만약 권사와 검사가 약하거나 기회를 봐서 일격에 쓰러뜨릴 수 있는 정도라면 모르겠지만 그런 상황도 아니었다.

　물론 궁수와 마법사 역시 단숨에 쓰러뜨릴 수는 없겠지만 말이다.

　곧 진월의 폭이 궁수의 팔을 노리며 쇄도했다.

＊　　　＊　　　＊

　"그랬구나. 그게 너였구나."

　"저를 알고 계셨어요?"

　아인은 스나의 손을 부드럽게 잡으며 고개를 끄덕였다.

　진월과 다시 맺어진 날, 그가 모든 것을 말해줬다, 고마우면서 미안한 아이가 있다고. 그게 스나일 줄이야.

　"질투가 날 정도였어. 너를 얼마나 칭찬하고 얘기를 하던지. 너를 소중히 생각하는 마음이 전해졌을 정도이니까."

　"그랬군요."

　스나는 처음 듣는 얘기에 눈물이 핑 돌았다.

　비록 바람처럼 이뤄지지는 않았지만 그가 자신을 생각해

준다는 것을 알게 된 것만으로도 마음이 뭉클해졌다.

"그래서 꼭 한 번 만나보고 싶다고 했어. 지금은 그 아이 마음이 많이 아파서… 시간이 필요하겠지만 기회가 된다면 훗날에라도 꼭 한 번. 한데 이곳에서 만나게 됐네."

"힛. 어쩌면 인연인지도 몰라요, 우리 모두가."

"고마워."

아인이 다정한 눈길로 스나를 바라봤다.

아직 10대의 어린 나이에 배려심이 깊은 아이였다. 진월뿐 아니라 자신마저 감싸고 있다. 스스로의 슬픔을 뒤로한 채 말이다.

"언니, 나, 부탁이 있어요."

"뭔데?"

"이제는… 오빠 놓지 말아요."

"……."

아인은 잠시 침묵을 지켰다. 홀로 남게 된 진월의 모습이 떠오르자 다시 행복을 찾은 지금도 가슴이 아려왔다.

또한 눈앞에서 애써 울음을 참은 채 웃으려 하는 스나의 서글픔조차 자신의 잘못인 것처럼 느껴졌다.

"알아요. 언니도 힘겨웠으리란걸. 다시 서로를 찾을 만큼 깊이 사랑하면서도 떠나야만 했던 언니의 마음도 무너졌으리란걸. 그 마음 잘 알아요."

스나는 입술을 잘근 깨물었다. 다른 이도 아닌 아인의 앞에서 눈물을 흘릴 수는 없었다. 그녀를 위해서라도.

"그런데 오빠, 언니 많이 좋아해요. 아니, 진월 오빠에게 있어 세상은 언니 단 한 사람이에요. 언젠가는 변하리라… 믿었지만 그 사람은 한결같아요. 그 시간 속에서도 상처를 홀로 가슴에 묻어둔 채 언니를 되찾기 위한 길만을 바라보며 살아간 남자인 걸요."

"그래, 알아. 알아."

"그토록 언니를 사랑해 주는 우리 진월 오빠. 이제는 절대 놓지 말아요. 둘을 위해서도, 그리고 저를 위해서라도. 그 속에서 오빠도 언니도 꼭 행복하기를 바라고요. 저는 괜찮으니까."

"고마워. 그리고 미안해."

"바보. 아니에요. 두 분이 행복하다면 저도 행복해질 수 있을 것 같아요."

아인이 안아주자 스나는 거부하지 않고 그 품에 안겼다.

따스했다. 진월이 안아줄 때처럼 따스함이 밀려왔다. 이 둘이라면 웃으면서 물러설 수 있었다.

흐르는 시간 속에서 언젠가는 흩날릴 테니까.

*　　　*　　　*

"하아, 언제쯤 끝나는 것일까."

깊은 어둠이 자리 잡은 한 숲 속. 이마에서 피가 맺혀 흐르는 진월이 거친 숨을 몰아내쉬었다.

마계에 입성한 지도 어느덧 5개월이란 시간이 흘렀다. 그는 해골을 시작으로 수없는 마족들과 맞서 싸워야 했다.

영상에 나오는 신급의 존재들은 아니었지만 그들 한 명 한 명이 모두 진저리가 쳐질 정도의 괴물이었다.

그리고 지금 역시 한 마리의 마족과 릴레이를 하는 중이었다.

'이제 얼마 남지 않았다.'

마나와 피로도 회복을 기다리던 진월은 초조함에 입술을 잘근 깨물었다. 어느덧 현실 시간으로 10월이 채 이틀도 남지 않은 시점이었다.

한데 아직도 퀘스트를 끝내지 못했다. 이 뒤에는 A급 카인의 퀘스트가 기다리고 있는데 말이다.

이제 남은 시간은 단 9개월. 9개월 뒤에는 그토록 기다려 왔던 1주년 이벤트가 펼쳐진다.

'그 안에 카인의 보상을 받아야 해.'

지금까지의 모든 과정이 카인의 퀘스트를 위함이었으며, A급인만큼 만족할 만한 혜택이 기다리고 있으리라.

그 혜택은 1주년 이벤트에서 큰 힘이 되어줄 테고 말이다.

'히든 클래스들도 여럿 탄생했지.'

틈새 시간으로 5개월 동안 총 네 명의 히든 클래스가 추가로 탄생했다. 그로 인해 현재 히든 클래스는 열두 명이었다.

그중에서는 PvP에 강한 유저도 둘이나 존재했고, 1주년 이벤트를 대비해 틈틈이 그들의 전력을 분석했다.

물론 히든 클래스가 아니더라도 PvP에 강자들이 나타나면 마찬가지였다.

'길드들의 변화도 있었고.'

가온 길드는 길지 않은 기간 동안 어느덧 명문 길드 반열에 올라섰다.

지배자와의 적대 관계로 아직까지 마찰은 적지 않지만, 일방적으로 밀리지는 않았다. 그 배경에는 황혼 길드 립스의 힘이 컸다.

지배자는 지는 해, 가온은 떠오르는 해라 판단한 그녀가 결심을 굳히며 가온과 동맹을 맺었기 때문이다.

'나는 참 인복이 뛰어난 듯하군.'

마나와 체력이 절반 이상 회복된 것을 확인한 진월이 구덩이 안벽에 살짝 등을 기대며 미소를 지었다.

현실에서는 물론 차원의 틈새에서도 좋은 이들이 언제나 함께였다. 만약 그들이 없었더라면 이렇게 웃고 있지 못할지도 몰랐다.

크아아앙!

그때 거대한 포효 소리와 함께 지축이 흔들렸다. 사투를 벌이던 마족이 추격해 온 것이다.

콰드득!

"이런!"

조심스럽게 구덩이 밖으로 빠져나가 기습을 하려던 진월이 옆으로 몸을 날렸다.

진월의 위치를 파악한 마족의 거대한 주먹이 서너 명이 들어갈 수 있을 법한 구덩이를 산산조각 내버렸다.

"죽여 버리겠다. 건방진 놈!"

이마의 한쪽 뿔이 부러진 채 몸 곳곳이 상처투성이인 마족의 분노에 찬 음성이 머릿속에서 울려 퍼졌다.

'이제 이길 수 있다.'

3미터는 넘을 법한 거대한 체격에 소의 얼굴과 고릴라의 육체를 가진 마족은 위압적인 외형과는 달리 많이 지쳐 있었다.

열흘이 넘는 끝없는 전투 때문이었다.

크오오! 번쩍! 쩌저적!

마족의 부러진 뿔에서 섬광이 흐르더니 전류가 진월을 향해 내리쳤다.

"반월!"

쉐에에엑!

반달형의 반월이 마족의 뿔을 노리고 파고들었다.

> 그림자가 형성됩니다.

‘좋아!’

추가 효과가 발생하자 진월은 기뻐하며 반월의 뒤를 쫓았다. 반월은 데미지가 더해진 상태에서 뿔을 감싸는 마족의 손바닥에 부딪쳤다. 그사이 진월은 마족의 옆구리를 노렸다.

“일격! 섬광!”

파아앗!

붉은 기운의 일격이 옆구리를 베었다. 하나 진월은 만족하지 않고 곧바로 섬광을 연계했다.

커어억!

상처가 벌어진 곳에 연이어 적지 않은 데미지를 입자 마족의 커다란 육체가 휘청거렸다.

처음 만났을 때는 마기로 인해 스킬 두세 번을 연속으로 날려야 상처를 입힐 수 있었는데 말이다.

“폭!”

푸우욱! 퍼어엉!

“이 벌레 같은 놈이!!”

내부가 폭에 휩쓸리며 살점이 사방으로 흩날렸다. 마족은 그 끔찍한 고통 속에서도 정신을 부여잡으며 입을 크게 벌린 채 진월의 머리를 노렸다.

그 순간 진월의 입꼬리가 올라갔다.

“10선!”

촤촤촤촤악!
　열 개의 선이 먹이를 노리는 짐승처럼 맹렬히 마족의 입안을 갈기갈기 찢어버렸다.
　그리고 3개월의 시간이 빠르게 흘러갔다.

Chapter 4
A급 퀘스트

Shadow
Fox

끼이익! 첨퍼엉!

'이 거짓말쟁이!!'

두껍고 용을 닮은 마족을 호수에서 쓰러뜨린 진월은 씩씩대며 노인을 노려봤다.

소를 닮은 마족을 해치우고 숲에서 나올 때 분명 노인은 이제 여정이 끝나간다고 했다. 한데 그러고도 3개월이 더 지났다.

하루 이틀도 아닌 3개월!

"흘흘. 쪼매 쓸모있어지따."

"거참, 감사하구려."

8개월 동안 수없는 죽음이 오갔던 마계. 살기 위해서라도 자연히 강해질 수밖에 없는 상황이었다.

"이제 진짜 다 왔데이."

"또 몇 달 더 걸리나 보죠?"

진월이 가시 돋친 목소리로 불평을 터뜨렸다. 그럴 수밖에 없는 것이, 이벤트가 6개월밖에 남지 않았다.

이대로 간다면 카인의 퀘스트는 이벤트 전에 사실상 불가능하다고밖에 볼 수 없었다.

톡톡!

그런 진월의 심정을 아는지 의미심장한 미소를 지은 노인이 대답 대신 지팡이로 호수 끝자락의 지면을 내려쳤다. 그러자 놀라운 일이 발생했다.

고오오!

마치 마계의 문이 처음 열렸을 때처럼 지면이 갈라지더니 검은 터널이 형성됐다.

"따라오거라."

노인이 앞장서서 걷자 진월은 기대심과 함께 그 뒤를 따랐다. 어쩌면 정말 여정이 끝나는 것인지도 모른다.

물론 마지막으로 무언가가 기다리고 있을 것이라 예측되지만.

'따스하다.'

어둠이 자욱한 터널 안은 봄날의 햇살처럼 온기가 돌고 있었다. 숨을 쉬는 것조차 어렵던 마계의 탁하고 묵직한 공기가 느껴지지 않았다.

아니, 오히려 몸속을 시원하게 해주는 듯한 상쾌함마저 들었다.

"다 왔데이."

"여기는……."

두근두근.

노인의 말과 함께 진월은 눈앞에 펼쳐진 무언가에서 시선을 떼지 못했다.

터널의 끝에 이르자 넓고 평평한 공간이 펼쳐졌는데, 그 중앙에서 둥글고 울퉁불퉁한 붉은색의 열매와 같은 것이 꿈틀거리고 있었다.

마치 심장이 뛰는 것처럼 일정한 속도였으며, 크기는 성인 남자 두세 명이 들어갈 수 있을 정도였다.

더불어 이 공간에서는 신비스러움이 느껴졌다. 마계가 아닌 신계에 온 듯한 착각을 느낄 만큼 신성력이 충만했다.

"봉인의 땅."

"봉인의 땅이요?"

노인이 열매에 가까이 다가가며 말했다.

"마계에서 유일하게 신의 손길이 닿았고, 존재 자체가 결계인 곳이제."

"결계라면……."

진월의 시선이 열매로 향했다. 그러고 보니 열매 곳곳에 흰색의 선이 그어져 있었다.

"그는 알고 있었데이, 자신의 육체에 스며든 케신을 막을 수 없다는 것을. 그래서 이곳을 찾은 거제. 케신을 봉인할라고."

"하면 카인님은……."

"케신의 부활을 마지막까지 늦추다… 망자가 된 거제."

진월의 미간이 찌푸려졌다. 망자의 여정이란 퀘스트는 망자가 된 카인의 마지막 길을 걷는 것이었다.

"이 결계는 곧 무너진데이."

쩌저적, 쩌저적.

금이 간 열매의 곳곳에서 괴이한 소리가 들려왔다.

"그라고 카인의 힘을 가진 10대 악마인 케신이 부활할 끼고. 이제 네놈에게 카인의 짐이 얹어졌데이. 비록 몸뚱이가 뿌사질 만큼 무겁겠지만 해내야 된데."

'잠깐만.'

노인의 애기를 듣던 진월이 무언가를 떠올리고는 두 눈이 커졌다. 다급히 카인의 퀘스트 정보를 확인했다.

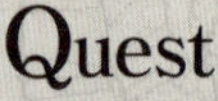

Quest

[사라진 카인]

사라진 카인 퀘스트를 실패하셨습니다.

"……."

진월의 얼굴에 절망이 피어올랐다.

문득 두 가지 생각이 한꺼번에 떠올랐다. 이 열매에 카인이 갇혀 있다면 A급의 사라진 카인 퀘스트도 해결한 것이다. 한데 그가 자아를 잃고 망자가 됐다면 퀘스트는 실패였다.

'말도… 안 돼.'

스르륵.

진월은 다리에 힘이 풀리며 바닥에 주저앉았다.

오로지 사라진 카인의 퀘스트만 바라보며 지금까지 달려왔다. 그림자 여우가 되고 죽을 고생을 하면서도 포기할 수 없었던 이유의 하나인 카인의 A급 퀘스트.

이제야 도달했는데, 결과적으로 이 퀘스트는 애초에 낚시나 다름없었다.

　물론 그림자 여우가 되고 지금까지 얻은 모든 것이 부족하지는 않지만, 하나의 크나큰 목표가 눈앞에서 신기루처럼 사라지자 끝없는 허탈감과 짜증이 밀려왔다.

　하나 여기서 끝이 아니었다.

Quest

[망자의 여정―케신의 부활]
카인의 자아를 점차 흡수하며 그를 완전히 집어삼킨 10대 악마 케신.
이전보다 더욱 강력해진 힘을 가진 채 깊은 어둠 속에서 깨어나려고
한다.
대륙의 평화와 망령이 된 카인의 마지막 염원을 위해,
동료들과 함께 케신을 영원히 잠들게 하라.
난이도:A
퀘스트 조건:어둠 속 깊은 곳에 도달한 자.
퀘스트 혜택:비공개

　"카인의 안배와 각성의 구슬."

　마계에서 돌아온 진월은 인벤토리에서 아이템 세 개를 꺼내서 바라봤다. 그곳에는 붉은색 구슬 하나와 검은색 구슬 두

개가 있었다.

카인의 안배가 붉은색이었다.

"또 다른 퀘스트가 숨어 있을 줄이야."

수풀 위에 앉은 진월은 안도의 한숨과 함께 옅은 미소를 지었다.

사라진 카인 퀘스트가 실패했을 때만 해도 진심으로 모든 의욕이 사라질 정도였는데 또 다른 A급 퀘스트가 연결됐다.

또한 퀘스트 정보에 따르면 케신만 해치우면 되니 시간 면에서는 A급임에도 불구하고 오래 걸리지 않을 것이다.

'어쩌면 망자의 퀘스트 자체가 A급의 일부였는지도. B급치고는 너무 힘겨웠으니까. 자, 이제 두 명을 선택하는 일만이 남았군.'

진월의 머릿속으로 빠르게 지인들이 스치고 지나갔다.

케신을 해치우는 파티는 자신을 포함 총 세 명이었기에 확실한 실력자들로 택해야 했다.

'일단 확인하고 돌아가자.'

사실 마음속으로는 이미 파티원들을 결정한 상태였지만 문제는 그들의 스케줄이었다. 진월은 자리에서 일어섰다.

그리고 기쁜 마음으로 정보창을 열었다. 8개월간의 퀘스트 성과를 확인하는 순간이었다.

"정보."

Status

생명:27,000   마나:20,130   체력:100

이름:진월   레벨:185   근력:1,168   체질:915   민첩:2,712
명성:3,020   성향:어둠   지식:626   재치:645   정신:779
직업:그림자 여우   행운:561   예술:545   상술:539
칭호:여우 그림자   소드:805   오감:784   친화:541
                                   여우:515   집중:469   극복:276

스텟 포인트:0

장비 효과:공격력+380~550   방어력+135~155   저항력+75~90
민첩 13%, 크리티컬 13%, 전체 스텟 13%, 체질 5%, 근력 5%, 정신 5% 상승.

추가 효과:크리티컬 확률 5%, 명중률 5%, 공격 속도 20%, 근력 10% 상승,
데미지 저항 10%

직업 효과:어둠이 지배하는 시간, 공간 전체 스텟 10%, 크리티컬 5% 상승, 전
체 스텟 5% 상승, 스킬 쿨타임 감소 10%

Item

[단검 카리스 Lv.2]
여우족의 영웅 카인의 단검.
의지를 가지고 있어 스스로 주인을 선택한다고 알려져 있다.
공격력:380~550 타입:희귀/한손
내구력:400/400 무게:50 사용 제한:물리 계열, 그림자 여우
옵션:민첩 13%, 크리티컬 13%, 전체 스텟 13% 상승
추가:진화형, 거래 불가능

Skill

그림자(고급:3%)

어쌔신의 장점을 극대화시켜 바람보다 빠르고 그림자처럼 은밀하게
적을 기습합니다.

비열하고 치사하게 공격할수록 효과가 커지며 융화가 빨라집니다.

이동 속도, 회피율, 크리티컬, 공격 속도, 회피 상승!

맷집(고급:11%)

맞고, 맞고, 또 맞다 보니 불굴의 체질을 습득하셨습니다.

체질이 상승하고 방어력, 생명 회복 속도가 상승합니다.

고통에서 쾌락을 느낄 수도 있습니다.

식모(중급:62%)

주방에서 쌓인 설움과 한숨이 빛을 발합니다.

요리와 설거지, 청소, 바느질, 각종 다양한 잡일에 능숙하게 됩니다.

손재주가 상승하며, 경지에 이를 경우 왕궁 가정부로도 취업이 가능
합니다.

잠재력(중급:77%)

지독한 수련과 노력 끝에 감춰진 잠재력을 일깨웠습니다.

전체능력이 상승하고 주 무기인 단검을 장착할 시 추가 데미지를 입
힙니다.
생명력이 30% 이하일 시, 일정 확률로 어떤 공격도 회피할 수 있는
무적이 3초간 발동됩니다.

면역(중급:51%)

극한의 추잡함 속에서 단련된 비위!
되새김질에 능숙해지며 소들의 질투를 받게 됩니다.
각종 저주와 독의 면역력이 상승합니다.

생사(중급:87%)

수없이 죽다가 살아난 당신!
생과 사의 경계선에서 위기 대처 능력을 터득했습니다.
생명력이 30% 이하일 시 공격력과 공격 속도가 증가합니다.

[엑티브 스킬]

일격(Lv14:15%)

기운을 한곳에 모아 순간 파괴력을 상승시킵니다.
일정 확률로 출혈 효과를 일으키며, 출혈에 걸릴 시 10초간 생명 저
하. 추뎀 1,500. 소모 마나 2,000.

회피(Lv13:42%)

적의 기척을 감지하며 육체가 먼저 반응합니다.

회피율과 이동 속도가 일순간 상승하고 시야가 넓어집니다.

초당 소모 마나 38.

여우곡(Lv12:26%)

기운을 실어 여우의 울음을 토해냅니다.

울음을 들은 아군은 공격력, 공격 속도, 방어력, 회피가 20% 상승합니다.

지속 시간 20분, 소모 마나 2,000.

물의 파편(Lv13:19%)

해일을 생성하며 다수의 적을 공격합니다.

일정 확률로 스턴 효과가 발생합니다.

스턴 3초. 확률 상승, 데미지 상승, 소모 마나 1,800.

선(Lv12:2%)

일순간 육체의 움직임을 극대화시켜 신비로운 선을 그려냅니다.

폭풍의 칼날처럼 12선이 적을 갈기갈기 찢어버립니다.

소모 마나 2500.

폭(Lv12:8%)

불꽃처럼 타오르는 의지를 집중시켜 적을 멸합니다.

일정 확률로 폭발을 일으키며, 폭발이 발동될 시 생명, 마나회복 1,000.

소모 마나 2,500.

> **반월(Lv7:33%)**
> 자연의 기운을 담은 반월을 발출합니다.
> 10미터의 사정거리를 보유하고 있으며, 일정 확률로 그림자가 형성
> 됩니다.
> 소모 마나 2,700.

> **섬광(Lv8:23%)**
> 잔상을 남기며 적의 생명을 빼앗습니다.
> 혼의 불꽃을 태워 파괴력을 증가시키며, 일정 확률로 방어 불가능
> 효과가 발생합니다
> 소모 마나 3,000.

'이 정도면…….'

진월은 그동안의 고생을 보상받는 기분에 흐뭇하게 정보
창을 바라봤다.

먼저 레벨 185가 되면서 카리스가 2단계로 진화했고, 데미
지와 옵션들이 상승됐다.

그리고 패시브 스킬들의 급의 변화가 적지 않았으며, 그중
맷집은 체력 상승이라는 옵션이 추가됐다.

마지막으로 꾸준히 사용한 스킬 레벨들도 각기 상승했고,
특히 레벨이 낮았던 반월과 섬광의 상승 폭이 컸다.

'다만…….'

진월이 입맛을 다시며 식모를 확인했다.

8개월이란 시간 동안 끝없이 생사를 넘나들며 요리를 할 여유가 거의 존재하지 않았기에 다른 스킬들에 비해 적게 상승했고, 아직도 중급에 머무르고 있었다.

'뭐, 지금은 이벤트가 가장 중요하니.'

진월은 아쉬움을 뒤로한 채 애란을 소환했다.

연계 퀘스트로 가면서 8개월간 동안 고생한 퀘스트 보상은 없었지만 특별한 혜택이 있었다.

그것은 바로 마계에서 돌아오기 전 여우의 입에서 토해진 애란!

"애란아!"

"서방님!"

진월이 양팔을 힘껏 펼치며 애란을 끌어안았다.

8개월 만에 보는 반가움도 있지만 평소의 진월이라면 이토록 과장되게 기뻐하지 않았을 것이다.

하지만 애란은 과거의 쓸모없는 그녀가 아니다. 이제는 사랑으로 보살펴 줘야 할 존재!

"정보!"

[신비의 종족이라 불리는 여우족 소녀.]
소수의 변신 기능을 가지고 있으며 수다를 잘 떨고 엉뚱하다.

Status 생명:4,350 마나:4,800 체력:100

이름:애란 레벨:77 근력:243 체질:321 민첩:278
충성도:150 성향:혼돈 지식:401 재치:343 정신:420
종족:여우족

'많이 성장했군.'

진월은 대견한 듯 애란의 머리카락을 쓰다듬었다.

여우의 뱃속에서 무슨 일이 벌어졌는지는 알 수 없지만 레
벨과 스텟이 부쩍 상승했다. 또한 가장 기대하는 것은 따로
있었다.

"애란아! 변신해 봐라!"

"예! 하아압!"

펴어엉!

"……."

애란이 자신만만한 목소리로 변신을 시도하자 두근거리는
가슴으로 기다리던 진월의 두 눈이 가늘어졌다.

"아잉. 어때요?"

'내가 언제 벗으라고 했냐!'

진월은 끓어오르는 혈압을 누르며 애써 웃는 얼굴로 말

했다.

“여자 말고 싸우거나 태울 수 있는 존재로!”

“칫, 좋아해 놓곤!”

‘부정하지는 않겠어!’

“알겠어요. 흥!”

포오옹!

진월의 잔소리에 애란이 투덜거리며 재차 변신을 시도했다. 그리고 곧 진월은 기쁨을 숨기지 않았다.

*　　　*　　　*

“대한민국의 사내라면 이럴 수는 없지!!”

“하하! 다음으로 미루겠습니다. 죄송해요.”

“마스터가 이토록 고자 같은 놈일 줄이야!”

“…….”

졸지에 고자가 된 소울이 쓴웃음을 흘리며 강할래를 진정시켰다.

‘아직은.’

소울은 사신의 연계 퀘스트를 얼마 전에 마치고 돌아왔다. 예전에 비해 월등한 스킬과 실력을 갖춘 채.

그렇기에 강할래가 더욱더 PvP를 원했고, 소울 역시 그와 맞붙고 싶었기에 거절하지 않았다.

한데 세 번이나 져놓고도 이번에는 이길 수 있다며 며칠째 계속해서 고집을 피우고 있었다. 정말 나이에 맞지 않는 영계 땡깡!

[소울님.]

[아니, 진월님!]

그때 진월에게서 귓속말 신청이 들어오자 소울이 반갑게 그를 불렀다.

[잘 지내셨죠? 지금 어디신가요?]

[길드 아지트에 와 있습니다.]

[아, 퀘스트가 끝나셨나 보군요.]

[예. 며칠 전에요. 진월님은요?]

[저도 막 끝나고 아지트로 가는 중입니다.]

조마조마한 심정으로 대답을 들은 진월의 표정이 밝아졌다.

파티원으로 처음 떠올린 이가 바로 소울이었다. 특히 케신의 부활처럼 대인전이 중점인 퀘스트에서는 절대적으로 그가 필요했다.

그리고 뒤를 이어 떠올린 이들은 두 명이었는데, 바로 강할래와 다솜이었다.

실력 면에서는 강할래가 더 낫고 다솜의 성격도 좋은 편은 아니지만, 강할래는 짜증까지 유발하는 분이기에 저울질 중이었다.

[지금 누구와 있으신가요? 혹시 아저씨나 다솜님이 같이 있나요?]

[다솜님은 파티 중이시고 강할래님은 옆에 계십니다.]

[아……]

진월은 입술을 살짝 깨물며 고민에 들어갔다.

지금 곧바로 퀘스트를 하러 떠날 계획이었는데 선택권이 없어졌다.

[알겠습니다. 거의 도착했군요. 잠시 정원으로 나와주시겠어요?]

[지금 말인가요? 그렇게 하도록 할게요.]

소울은 귓속말을 마치며 강할래를 비롯, 함께 자리하고 있던 길드원들과 정원으로 향했다.

왜 입구가 아닌 이곳으로 나오라 했는지 의아했지만 의문은 곧 밝혀졌다.

펄럭! 펄럭!

"저, 저기!"

"우와! 저게 뭐야?"

"허, 설마 애란?"

한 길드원이 하늘을 가리키며 손짓하자 모두가 웅성대며 그곳을 쳐다봤고, 놀라움을 감추지 못했다.

진월이 새하얗고 신비스러운 유니콘을 탄 채 하늘에서 천천히 내려오고 있었다.

“애란이 맞죠?”

“예, 애란입니다.”

길드원들과 안부 인사를 마치고 회의실로 들어온 진월이 소울을 바라보며 고개를 끄덕였다. 그의 곁에는 소울과 강할 래가 삼각형 형태로 마주한 채 앉아 있었다.

“놀랍군요, 애란이 누군가를 태우다니.”

“그뿐이 아닙니다!”

진월이 자식 자랑을 하듯 애란에 대해 설명했다.

수련 이후 애란은 드디어 사람을 태울 수 있게 됐다. 그뿐 아니라 변신의 종류가 다양하게 늘었으며, 능력 역시 예전과 비할 바가 아니었다.

이제는 100대 초반의 웬만한 몬스터들과 일대일로 이길 수 도 있을 정도였으며, 비행은 물론 수중에서도 자유롭기에 앞 으로 큰 도움이 될 터였다.

“흥! 그래 봐야 애란이 어디 가겠나?”

얘기를 모두 들은 강할래가 삐딱하게 코웃음을 쳤다.

그러나 진월과 소울은 그의 어색한 여유로운 웃음과 떨리 는 눈빛에서 알 수 있었다, 부러워하고 있다는 사실을.

“두 분에게 부탁이 있습니다.”

마계의 얘기를 모두 마치자 진월은 진지한 표정으로 본론 을 꺼냈다.

"퀘스트가 갱신됐는데 두 명의 도움이 필요합니다. 마족을 잡는 퀘스트이며 소울님과 아저씨가 가장 적합하다고 판단했고요. 시간을 내줄 수 있으신지요?"

"적합하다고 판단한 이유는 뭐지?"

"……."

강할래가 얼굴을 바짝 들이댄 채 두 눈을 빛내며 묻자 진월은 속으로 쓴웃음을 흘렸다. 그의 속내가 뻔히 보였다.

하지만 그의 힘이 필요한 이 상황. 진월은 진지한 얼굴로 연설을 하듯 외쳤다.

"아저씨의 수준 높은 힘과 뛰어난 상황 판단 능력! 동료들을 걱정하는 따스한 자애심과 타고난 무술가의 자질! 리더로서의 카리스마까지! 그 모든 것을 통합해 적합하다고 판단했습니다!"

말도 안 되는 화려한 이빨 작렬!

소울은 초조함 속에서 강할래를 힐끔거렸다.

진월의 태도를 보니 그가 진정 필요한 듯한데, 너무 과했기 때문에 오히려 부작용을 일으킬 확률이 있었다.

"이 자식!"

'역시…….'

강할래가 자리에서 벌떡 일어서며 진월의 어깨를 부여잡자 소울은 안절부절못했다. 자신의 예상처럼 강할래는 자신을 놀린다고 느낀 것이다.

하나 그것은 일반인들의 지적 수준에서 가능한 판단.

"역시 사람 보는 눈 하나만 훌륭하군!"

"……"

그를 과대평가하고 있었다는 사실을 깨달은 소울이었다.

"지금 바로 출발했으면 합니다. 가능한지요?"

"네, 괜찮습니다."

"그렇게 울며불며 사정하니 들어주도록 하지."

소울과 강할래는 거절하지 않았다.

마계였다. 진월을 제외한 그 누구도 가보지 못한 마계를 접할 수 있는 기회를 놓칠 수 없었다.

또한 진월이 자신들의 도움을 원하고 있고 말이다.

"감사합니다."

얘기가 수월하게 잘 풀리자 진월은 고마움을 전하며 인벤토리에서 물약 두 개를 꺼냈다.

노인한테서 안배와 각성의 구슬과 함께 받은 물약으로, 색은 먹물처럼 검었다.

"이 물약을 마셔주세요."

"이게 뭐지요?"

"현재의 상태로는 마계에 갈 수 없습니다. 그곳의 기운을 육체가 견디지 못하기 때문이지요. 하나 이 물약을 마시면 일시적으로 육체와 마계의 기운에 동화되며 자유로이 출입할 수 있습니다."

"그렇군요. 알겠습니다."

"이 정도야 원샷해 주지!"

진월의 설명이 끝나자 소울과 강할래가 고개를 끄덕이며
포션을 입에 갖다 댔다.

꿀꺽꿀꺽.

'부디… 평온하시기를.'

그 광경을 지켜보던 진월이 천천히 자리에서 일어섰다.

노인이 말하기를 이 포션을 마시면 마계화되는 것이 더욱
빠르지만, 그 이상의 고통이 파고든다고 했다.

한마디로 저 둘은 이제 사망하기 직전!

"음. 쓴맛이 강하지만 견딜 만한 정도군요."

"저놈이 주는 거라 혹시나 무슨 일이 있나 싶었더만, 괜히
긴장했군. 하하!"

"그러게요. 마계화가 되는 것이기에 내심 걱정을 했는데.
아니, 진월님, 어디 가시나요?"

"누가 보면 마치 도망치기 직전의 자세인 듯하군?"

수다를 나누던 소울과 강할래는 문고리를 잡은 채 당장에
라도 뛰쳐나갈 듯한 진월의 모습에 고개를 갸웃거렸다.

하나 그 의문은 곧 풀렸다.

두근두근.

"으음?"

“크, 크윽.”

소울과 강할래의 안색이 급속도록 창백해졌다. 갑자기 가슴이 세차게 뛰기 시작했다. 단지 빨리 뛴다는 느낌이 아닌, 박동을 할 때마다 칼로 쑤시는 듯한 고통이 찾아왔다.

“도대체 이건…….”

“무, 무슨 일이……”

쿠웅! 화르르륵!

그리고 내부에서 몸 전체가 흔들리는 충격과 함께 둘의 전신에서 마기의 불꽃이 피어올랐다.

“하, 하아악.”

“으윽! 이 비열한 놈!”

'제가 왜 비열한데요!'

참을성이 진월만큼 뛰어난 소울이 비명을 질렀다. 아무리 이를 악물어도 소리를 내지 않고서는 참을 수 없는 괴로움이 속에서 사지를 찢어 갈겼다.

강할래 역시 인생을 살아가며 평생 잊지 못할 시간 속에서 바닥을 굴러다녔다.

“이, 이놈!!”

그 와중에도 원흉인 진월을 찾는 집념!

진월은 그런 둘의 고통에 책임감을 느끼며 있는 힘껏 문을 박차고 나갔다.

삶은 원래 비정한 것이었다.

“왔어?”

“미안. 늦었지?”

“아니야. 나도 조금 전에 왔는걸.”

한 시간 전에 도착해서 기다리고 있던 아인이 진월을 배려해서 거짓말을 했다.

“그렇구나. 하아, 좋다.”

진월은 아인의 속내를 알면서도 모르는 척 자리에 앉으며 그녀의 손을 잡았다. 아인의 따스한 체온이 느껴졌다.

“퀘스트는 끝났어?”

“응. 연계 퀘스트로 전환이 됐는데, 시작하려면 며칠 시간이 필요할 듯해.”

아인의 물음에 진월은 버리고 온 소울과 강할래가 눈에 밟혀 마음이 불편했지만 순식간에 지웠다.

자신이라도 즐기는 것이 그들을 위하는 길이라 애써 믿으며.

“아인이랑 데이트하려고.”

“우아! 정말?”

아인이 함박웃음을 터뜨리며 진월의 어깨에 머리를 기댔다. 진월의 입가에 절로 미소가 그어졌다.

현실에서는 혹시라도 들키게 될까 봐 데이트를 할 수 없었고, 차원의 틈새에서는 퀘스트로 인해 보지 못했다.

그렇기에 진정 오랜만에 하게 된 데이트.

단지 함께 있고 서로의 체온을 느끼며 바라볼 수 있다는 사실에 세상을 다 가진 기분이었다.

"이제 얼마 남지 않았다."

아인이 직접 준비해 온 도시락에서 고기 요리를 진월의 입에 넣어주며 말문을 열었다. 1주년 이벤트에 관한 애기였다.

"그러게."

진월은 싱긋 웃음을 흘리며 눈앞에 펼쳐진 호수를 쳐다봤다. 호숫가 주변에는 노랗고 붉은 꽃들이 아름다운 향기를 흩날리며 자태를 뽐내고 있었다.

"6개월 남았구나."

"자기는 할 수 있을 거야."

"응, 할 수 있어. 아니, 해낼 거야. 우리를 위해서."

진월은 다짐하듯 아인에게 약속했다. 지금까지 해온 모든 것이 눈앞에 있는 이 단 한 사람을 다시 되찾기 위해서였다.

이제야 다시 손을 마주 잡았고, 1주년 이벤트 때 인연의 꽃을 재차 피울 것이다.

"응. 믿으며 기다릴게."

아인이 진월의 품에 안겼다. 진월은 그 누구보다 자상한 시선으로 그녀의 머리카락을 매만졌다.

"아, 맞다. 나, 그 아이 만났어."

"그 아이?"

"어. 네가 말해준 그 아이, 스나."

진월의 두 눈이 커졌다. 스나의 아이디가 거론될 줄은 몰랐다.

"어떻게……?"

"그게 말이야."

아인이 여전히 진월의 품에 안긴 채 스나와의 인연에 대해 설명했다.

"그랬구나."

얘기를 모두 전해 들은 진월은 놀라움을 느꼈다.

아무리 세상이 좁고 사람 인연이 엮이고 엮인다 하지만, 스나와 아인이 서로가 누구인지 모른 상태에서 인연이 되어 있다니.

"좋은 동생이 생겨서 좋아. 그 아이의 슬픔이 깊은 만큼 더욱더 챙겨주려고."

"스나에게도 좋은 언니가 생겼고 말이야."

"피이. 아, 맞다. 내가 가온에 가입했으면 좋겠다던데……."

"누가? 스나가?"

되물으며 진월은 망설였다. 그 역시 현재 길드가 없는 아인이 가온에 오기를 바랐다. 하나, 그럴 경우 스나가 걱정됐다.

아무리 마음을 정리하기로 결정했다지만, 아직은 이르다는 판단이었다.

그런데 스나가 먼저 아인에게 가온에 와달라고 얘기했다니. 분명 자신과 아인을 위한 배려였다.

'아무리 그래도……'

진월은 내심 고개를 저었다. 스나의 뜻을 잘 알기에 더욱 받아들일 수 없었다. 더 이상 그녀를 희생하게 할 수 없었다.

그때 무언가를 떠올린 아인이 손뼉을 치며 말을 덧붙였다.

"아 참, 이 말도 전해달라 했어. 만약 거절한다면 매일 아침을 만들어주겠다고."

"……"

길월 성립이었다.

"후우, 이제야 출발할 수 있겠군."

강할래가 거칠어진 숨을 가다듬으며 손을 털었다.

"그래도 너무하셨습니다."

소울이 안타까움을 금치 못하며 진월을 내려다봤다.

말 그대로 복날의 개보다 더 격하게 두들겨 맞은 진월은 얼굴 곳곳이 벌에라도 쏘인 듯 퉁퉁 부어 있었다.

'저런 배신자!'

진월은 그런 소울의 가식에 치를 떨었다.

3일 만에 마계화가 된 강할래가 흥분해 날뛰자 소울은 말렸다. 그래, 분명 말리기는 했다. 하지만 볼 수 있었다.

강할래를 막아주는 척하면서 은밀히 발로 자신을 까던

그를!

“마음 같아서는 수백 번을 죽이고 싶지만 인자한 나니 이 정도에서 용서해 주지. 그러니 백만 라르크만 내놔라.”

‘거기서 삥을 왜 뜯는데!’

인자함과 앞뒤가 맞지 않는 발언.

진월은 쓴웃음과 함께 포션으로 상처를 치료하며 애란을 소환했다. 이제 다시 마계로 가야 한다.

“애란!”

사아앗!

진월의 소환에 애란은 빛무리와 함께 모습을 드러냈다.

“서방님!”

“그래, 우리 애란아!”

진월은 사랑스런 눈길로 그녀를 품에 꼭 안았다. 이전과 확연히 달라진 대접. 세상사 원래 이런 법!

“자, 와이번으로 변해라.”

“하면 오늘 밤 저를 예뻐해 주시나요?”

“두말하면 잔소리.”

“아잉… 이, 거친 짐승.”

‘무슨 생각을 하는 건데?’

애란이 얼굴을 붉히며 요염한 눈길을 보내자 진월은 그녀의 변신을 손짓으로 재촉했다.

퍼엉! 키이익!

그러자 곧 눈앞에는 용을 닮은 몬스터인 와이번이 나타났다. 속도로만 따지면 유니콘이 빠르지만 세 명을 태워야 하기에 어쩔 수 없었다.

"자, 가시죠."

"정말 놀랍군요. 그 애란이……."

"훙! 이, 이 정도 가지고! 부럽지는 않을 정도군!"

붉은색 애란의 등 위에 올라탄 소울은 이제야 진정 체감하는 듯했고, 강할래는 여전히 대놓고 부러워했다.

"애란아, 가자."

펄럭! 펄럭!

진월의 명과 함께 애란이 거친 날갯짓을 하더니 빠르게 목적지로 향했다.

촤아악! 크어엉!

"절망의 포효!"

호수 속에서 고양이를 닮은 마족이 솟구치자 강할래는 서둘러 스턴 스킬을 시전했다.

휘청휘청!

마족은 몸을 가누지 못하며 2초간 비틀거렸다. 그때 진월과 소울의 연합 공격이 양쪽에서 펼쳐졌다.

"일격!"

"사신의 크로스!"

붉은 기운을 머금은 일격과 십자 형태의 크로스가 마족의 양다리를 베어버렸다.

푸슈슉!

마족의 검은 피가 호수를 일시적으로 검게 물들였고, 뒤이어진 강할래의 스킬에 마족은 목이 잘리며 호수 밑바닥 속으로 가라앉았다.

그러나 셋은 긴장을 늦추지 않은 채 서로의 등을 맞댔다.

한 마리를 해치우고 있는 동안 호수 아래에서 수많은 무언가가 다가오고 있음을 파악했기 때문이다.

'쳇, 이렇게 될 줄이야.'

진월은 입술을 잘근 깨물며 아쉬움을 느꼈다.

길을 안내해 주는 퀘스트 아이템으로 인해 마계의 지상 입구에 도착했다.

그 후, 주문서를 찢어 셋 모두 터널을 지나 마계로 들어왔는데, 케신에게 곧바로 도달할 것이란 예측과는 다르게 그 이전 호숫가에 떨어졌다.

그로 인해 호숫가의 수많은 마족들과 전투를 펼치며 천천히 전진하는 중이었다.

"옵니다!"

키이익! 키이익!

진월의 외침과 함께였다. 호수 속에서 지옥의 아귀를 닮은 마족들이 솟구쳐서 일행을 덮쳤다.

“물의 파편!”

촤아아악!

‘이런 놈들은 없었는데?’

물의 파편으로 일부의 마족들을 밀쳐 낸 진월의 얼굴에 당혹스러움이 서렸다.

이곳은 분명 자신이 지나갔던 호수였다. 지금까지는 일전에 접했던 마족들이 나타나 대처도 어렵지 않았다.

한데, 성인 남자의 상반신 정도의 크기인 마족은 처음 봤다.

‘수가 너무 많다.’

개개인의 위력은 약한 듯했지만 마족들은 어느새 호수를 가득 메울 만큼 몰려와 있었다.

“12선!”

사아아악!

카리스에서 열두 개의 선이 폭풍처럼 휘몰아치며 마족들을 쓰러뜨렸다.

“반월!”

지이잉!

그 뒤를 이어 원거리 스킬인 반월이 동료들을 밟고 허공에서 떨어지는 마족을 가격하자 소울과 강할래의 눈빛이 빛났다.

진월의 처음 보는 스킬이었던 탓이다.

‘그렇다면 나 역시.’

“사신의 비!”

<u>스스스스</u>. 촤아악!

소울의 새로이 바뀐 붉은 검에 검은 기운이 형성되며 휘몰아쳤다. 그 기운은 곧 하늘로 솟구치더니 비가 되어 우레처럼 떨어졌다.

키이익! 캬아아악!

범위형이면서도 데미지도 적지 않은 새로운 스킬!

마족들의 고통에 찬 신음이 울려 퍼졌다. 그런데 그중에는 낯익은 목소리도 있었으니.

“커어억!”

“이, 이 미치신 분이!”

“…….”

양옆에서 파고드는 뜨거운 살기!

그때야 소울은 사신의 비의 스킬 정보를 떠올렸다. 자신을 제외한 아군, 적군 모두 데미지를 입힌다는 사실을.

“절망의 바람.”

소울이 눈칫밥을 먹고 있을 때 강할래 역시 신 스킬을 꺼냈다. 현재 이 끝없는 마족들을 쓰러뜨리기 위해서는 범위 스킬이 가장 적절했다.

휘이익! 히히히!

마치 여자의 웃음소리와도 같은 바람 소리가 들리더니 눈

앞에 있는 마족들 사이로 어지러운 바람의 선이 휘젓고 사라
졌다.

그러자 놀라운 일이 펼쳐졌다.

전신이 붉어진 네 마리의 마족이 침을 질질 흘리며 자신들
의 아군을 공격하기 시작한 것이다.

데미지를 입히면서도 자아를 붕괴시켜 일정 시간 동안 최
면 상태를 유지시키는 스킬!

PvP나 1인 타깃의 몬스터에게는 발휘되지 않지만 현재의
상황에선 큰 효과를 보는 스킬이었다.

그리고 일주일의 시간이 지났을 때, 호수 끝자락에 도달할
수 있었다.

Chapter 5

케신

Shadow
Fox

투웅! 고오오!

노인이 준 지팡이에 마나를 실어 내려치자 검은색 터널이
형성됐다.

"이곳이……."

"예, 케신이 잠든 곳입니다."

"드디어 도착했군요. 들어가죠."

"잠깐, 그전에 이것들 드셔주세요."

부르르!

진월이 각성의 구슬 두 개를 꺼내자 걸음을 떼려던 소울과
말린 육포를 뜯던 강할래의 육체가 격하게 떨렸다.

“서, 설마 또?”

“이 새끼님이 진짜······.”

불안에 젖은 목소리와 거침없는 욕설 작렬!

“케신을 쓰러뜨리기 위해서는 꼭 필요하며, 저 역시 이 구슬이 어떤 시련을 주는지 모릅니다! 겪어본 적이 없어요!”

진월은 강할래가 멱살을 부여잡고 피를 쪽쪽 빨려고 하자 다급히 상황을 설명했다.

“꼭 먹어야 합니까?”

소울이 진정 내키지 않는 듯 묻자, 진월은 천천히 고개를 끄덕였다.

사실 그 역시 먹고 싶지 않았다. 노인이 준 것이면 분명 편안하지 못할 테니. 그렇지만 어쩔 수 없는 일이었다.

“한데, 자네만 색이 다르군?”

“혹시 저희들만 또······?”

“······.”

각성의 구슬을 건네고 카인의 안배를 꺼내자, 강할래와 소울이 강렬한 의심을 담아 쳐다봤다.

그들로서는 충분히 오해할 수 있는 여지가 충분.

“저를 뭘로 보시고!”

“제대로 봐서지.”

“강할래님의 의견에 이번만큼은 동감합니다.”

“······.”

진월을 향한 절대 신뢰이던 소울마저 삐딱하게 만들어 버린 포션의 위력!

결국 진월은 한숨을 내쉬며 카인의 안배의 정보를 확인시켜 줬다. 정보에는 그림자 여우를 각성시킨다고 표시됐다.

"그러면 먹도록 하죠."

"부디……."

"살아서들 만나게."

꿀꺽!

하나되어 말을 마친 셋은 비장한 각오로 각자의 구슬을 삼켰다. 그리고 신비한 현상이 펼쳐졌다.

오오오…….

칠흑과 같은 어둠 속에서 강할래는 주위를 두리번거렸다.

마치 자신 혼자 공간이동을 한 것처럼 진월도 소울도 곁에 존재하지 않았다. 적막 속에서 흐르는 바람 소리가 등골을 오싹하게 만들었다.

"그대인가?"

그때, 낮고 까칠하며 음산한 남자의 목소리가 파고들었다. 흐릿하지만 바로 곁에서 얘기하는 듯 또렷하게 들렸다.

"네놈은 누구냐?"

"그대의 힘의 원천."

'힘의 원천?'

강할래의 미간이 좁혀졌다. 저 말을 그대로 해석한다면 단

한 명밖에 존재하지 않았다. 바로 어둠의 히든 클래스인 절망의 왕!

"나의 힘을 필요로 하는 계승자여, 나를 받아들이겠는가?"

"물론이오."

강할래는 일말의 망설임도 없이 대답했다. 그의 도움을 받아 각성을 해야만 케신을 상대할 수 있을 테니까.

스스슥!

"나의 힘을 깨우노라."

"크흐윽!"

강할래는 저도 모르게 신음을 흘렸다.

대답과 함께 절망의 왕이 순식간에 접근하더니 날카로운 이빨로 목을 꿰뚫었기 때문이다.

동시에 전신의 힘이 빠지는 듯한 몽롱함과 짜릿하면서도 오싹한 고통 속에서 강할래는 점점 의식을 잃었다.

"하악!"

강할래가 크게 숨을 몰아 내쉬며 두 눈을 번쩍 떴다.

"허억, 허억."

그는 상황을 파악하기 위해 주위를 두리번거렸다.

조금 전 홀로 있던 공간은 더 이상 존재하지 않았다. 곁에는 진월과 소울이 두 눈을 감은 채 미동도 하지 않고 있었다.

아무래도 자신이 가장 빨리 깨어난 듯했다.

"각성을 한 것인가?"

강할래는 물렸던 곳을 손으로 매만지며 기운을 살폈다. 한데, 이전에 비해 특별히 달라진 점을 느낄 수 없었다.

그 시각, 소울은 모래바람이 휘몰아치는 사막 한가운데에 서 있었다.

'저자인가?

모래사막 한편에 위치한 작은 바위. 그곳에는 한 남자가 등을 기댄 채 앉아 있었고, 소울은 그가 각성과 관련된 NPC란 사실을 깨달았다.

한 손에 붉은 검집을 쥔 그는 길고 검은 머리카락을 바람에 휘날리며 두 눈을 감고 있었다.

"수많은 생명이 식어갔지."

소울이 그에게 발걸음을 옮기려 할 때, 그가 눈을 감은 채 나지막하게 말했다.

"생과 죽음의 교차선. 그 속에서 피어오르고 사라지는 삶의 이유들. 살이 찢어지고 피가 튀며, 처절한 비명이 반복되는 전장 속에서 나는 무엇을 바라봤을까."

스으윽.

그가 천천히 일어서더니 소울에게 다가갔다.

"그 생생한 지옥 속에서 나는 시체의 계단을 밟으며 힘을 얻었다."

채애앵.

그가 검집에서 검을 뽑았다. 검 역시 검집처럼 피를 머금은 듯 붉었다.

"나, 사신의 힘을 깨우겠는가."

예리한 검이 가슴에 닿았다. 소울은 힘차게 고개를 끄덕였다.

"예, 깨우겠습니다."

푸우욱!

검끝이 가슴을 관통하는 순간, 소울의 의식이 흐릿해져 갔다.

'다른 차원인 것인가.'

공간이동의 느낌을 떠올리며 진월이 주위를 살폈다.

자연이 빚어낸 아름다운 폭포가 흐르고 있었고, 주위는 신비한 꽃들이 만개해 있었다. 그 뒤로는 바라보기만 해도 눈이 정화되고 가슴이 시원해지는 초목이 자리했다.

"어?"

그때 누군가를 발견한 진월의 두 눈이 커졌다.

은백의 머리카락이 허리까지 길게 자리하고 있었으며, 살짝 마른 체형에 지적으로 생긴 남자, 카인이었다.

"당신은……."

"일단 앉게."

진월이 뭐라고 더 말을 하기도 전에 카인은 따사롭게 미소 지으며 손짓했다.

"어려운 길을 잘 걸어왔어. 쉽지 않은 여정이었지?"

"예."

진월은 낮은 어조로 대답하며 고개를 살짝 아래로 숙였다.

그의 죽음을 알게 된 지금, 웃고 있는 그를 차마 바라볼 수 없었다. 마음이 답답했다.

"나의 유지를 이어받을 인연을 가진 자라면 해내주리라 믿었지. 그 속에서 성장하기를 바랐고 말이야."

"……."

"이제는 마지막을 앞두고 있군. 그는 강하다, 나 역시 패하고 말았으니. 더군다나 현재의 그는 나의 힘을 자신의 것으로 만들며 20년 전을 넘어섰다. 하지만… 그 한계조차 자네가 부숴야 한다."

카인의 두 눈동자에 미안함이 스치고 지나갔다.

"미안하네."

"무엇이 말입니까?"

"내가 채 매듭짓지 못해 자네의 어깨에 짐을 지게 해서 말이야. 세상을 떠받치는 듯한 그런 짐."

진월은 고개를 저었다. 물론 그림자 여우가 되고 지금까지 오는 과정이 쉽지는 않았다. 하지만 모든 면에서 노력 이상의 보상을 받았다.

물론 NPC인 그가 그런 속사정을 알 수 있을 리가 없겠지만.

"제가 해낼 수 있을까요?"

잠시 침묵을 지키던 진월이 속내를 털어놨다.

영웅 중에서도 손꼽히는 카인을 무너뜨린 악마다. 아무리 안배를 받고 각성한 동료들이 함께하고 있지만 내심 자신은 없었다.

터억.

카인이 진월의 한 손을 잡았다. 그의 능력이 만들어낸 세계이지만 체온이 전해졌다.

"세상에 불가능이란 존재하지 않아. 한 사람이 무언가를 이뤄내지 못한다 해도 그 유지를 받든 또 다른 이가 이뤄낼 수도 있지. 만약 자네가 나와 같은 길을 걷는다 해도 케신은 분명 언젠가는 다른 누군가에 의해 최후를 맞이할 것이네. 단지 우리는 마지막 순간까지 옳다고 판단되는 길을 걸으며 노력하는 것이지. 그리고 난 자네를 믿어. 그 길을 헤쳐 온 자네라면… 분명 마지막 조각을 맞춰줄 수 있을 거야."

"예. 꼭… 해내겠습니다."

진월은 이를 꽉 깨물었다.

차원의 틈새 시간으로 근 3년을 그만 바라보고 쫓아왔는데 구할 수 없었다. 하면 케신만큼은 꼭 자신이 대신해 주고 싶었다.

그림자 여우로 받은 영광과 그를 잊지 못하던 인연들에게 보답하기 위해서라도.

"나의 안배를 받아주게나."

카인이 검지를 펼치며 진월의 이마에 갖다 댔다.

지이잉.

진월이 두 눈을 살짝 감자 그의 검지에서는 휘황찬란한 빛이 뿜어져 나오더니 곧 진월의 이마에 발출됐다.

"그녀를 보살펴 주게."

희미한 그의 마지막 당부와 함께 진월의 육체가 힘없이 쓰러졌다.

두근두근.

"저것이 봉인의 열매군요."

"곧 깨지겠군."

"네. 모두 조심하세요."

봉인의 땅에 들어온 진월이 염려와 함께 열매를 향해 천천히 다가갔다.

다시 이곳까지 돌아오는 사이 열매에는 수많은 금이 형성되어 있었다. 아무래도 그때 이미 봉인의 신성력이 밑바닥까지 메마른 상태인 것 같았다.

'드디어 그가 깨어난다.'

진월은 수많은 감정에 젖어 열매를 응시했다. 이 속에 모든 일의 원흉이자 이제는 대악마가 된 케신이 곧 긴 잠에서 깨어난다.

‘지지 않는다.’

카인의 안배를 받았지만 달라진 점은 없었다. 그것은 강할 래나 소울도 마찬가지였다. 하나 분명 감춰진 무언가가 있으리라 믿으며 진월은 카리스를 뒤로 뺐다.

노인이 말하기를, 결계는 내부의 충격에는 단단하지만 외부의 충격에는 약하다고 했다.

물론 그럼에도 웬만한 데미지로는 흠집조차 낼 수 없지만, 현재는 결계의 힘이 모두 사라진 상태인지라 파괴가 가능했다.

"일격!"

번쩌억!

진월의 일격이 붉은 빛을 뿜었다.

언제까지나 기다릴 수 없기에 이쪽에서 먼저 부수기로 계획한 것이다. 소울과 강할래가 전투 자세를 취하며 진월의 양옆에 섰다.

트트트특!!

일격이 가격한 지점으로부터 열매에 빠른 속도로 균열이 일어났다.

쩌저적! 피시이익!

"크흐윽!"

"뒤, 뒤로들요!"

"이런, 독하군."

그리고 열매가 벌어지더니 짙고 짙은 검은 연기를 내뿜었
다.

그 연기에는 지독한 마기가 서려 있었으며 아주 일부를 들
이마신 것만으로도 정신이 혼미해지며 구토가 치밀었다.

"하아… 하아…….."

'케신.'

신성한 기운이 사라지고 마기와 어둠이 자욱하게 자리한
봉인의 땅, 그 속에서 케신의 호흡 소리가 모두의 귀를 파고
들었다.

"하아… 하아… 크크큭…….."

아직 열매에서 나오지 않은 채 케신이 웃음을 터뜨렸다.

20년 동안 펼쳐진 처절한 사투가 드디어 끝이 났다. 카인
은 망자가 됐으며, 자신을 가두고 있던 결계 역시 파괴됐다.

이제 그 무엇도 자신의 자유를 구속할 수 없으며, 마계는
물론 인계와 신계까지 모두 파괴할 것이다.

"다만… 아쉬워."

케신의 목소리에 쓸쓸함이 묻어 나왔다.

카인의 힘마저 자신의 것으로 만든 그는 알 수 있었다, 이
제 다시는 카인과의 대결처럼 위기를 느끼는 일이 없을 것이
라고.

"하아, 배가 고프군."

처벅처벅.

"오, 옵니다."

침착하게 말하려 했지만 진월은 자신도 모르게 목소리를 떨며 얘기했다. 마주한 것도 아닌 상태인데도 온몸이 극심하게 떨려왔다.

차원의 틈새를 시작하며 수많은 강자들을 만났지만, 그 누구도 비교 자체가 불가능한 위압감과 기운.

더불어 케신을 중심으로 사방으로 퍼지고 있는 끈적끈적하고도 위협적인 살기는 이 자리에서 도망치고 싶게 만들 정도였다.

"벌레 세 마리라……."

눈이 어둠에 익숙해진 진월은 케신의 모습을 확인할 수 있었다. 동시에 입술을 피가 나올 정도로 깨물었다.

케신의 모습은 카인과 똑같았다. 그의 힘뿐만 아니라 육체마저 가져 버린 것이다.

"갈증을 없애기에는 부족하지 않겠군."

"아오오!"

케신이 붉은 혀를 내밀며 입맛을 다셨다. 동시에 진월은 여우곡을 시전하며 공포에 젖은 육체를 분노로 움직였다.

죽인다, 죽인다, 죽인다!

"일격!"

번쩌억!

진월의 일격이 케신의 목을 노리고 파고들었다. 최후의 결전의 시작이었다.

퍼어억! 촤아악!

"뭐, 뭐……."

진월은 자신의 감촉과 눈을 의심했다. 그것은 비단 그뿐만 아니라 소울과 강할래도 마찬가지였다.

세상에. 일격이 아무런 방어를 하지 않는 육체에 닿았음에도 불구하고 알몸 상태인 케신의 육체는 흠집조차 나지 않았다.

오히려 카리스를 부여잡은 진월의 손바닥 살점이 찢어지며 피가 솟구쳤다.

"섬광! 폭!"

진월은 물러서지 않고 스킬 연계를 시작했다. 어차피 이처럼 상식을 깨는 격차는 처음부터 예상했다.

번쩌어억! 퍼어엉!

진월의 육체가 잔상을 남기며 케신에게 쇄도했다. 뒤이어 폭 역시 그의 육체에서 정확히 폭발했다.

뿌지지직!

"크아악!"

하나 또다시 피를 흘리며 뒤로 물러서는 것은 진월이었다.

"진월님!!"

소울이 다급히 달려가 그를 부축했다. 진월의 오른손의 상

태가 대단히 좋지 않았다. 살점이 검에 수없이 베인 것처럼
갈라져 있었다.

"괜찮으십니까?"

"네. 염려 마세요."

진월은 카리스를 왼손으로 쥐며 소울에게 애써 웃어 보였
다. 그러나 머릿속은 한없이 복잡했다.

케신은 압도적이었다. 그의 힘은 일반 마족이 아닌 신급.
신들 중에서도 현재는 최상위에 속했다.

그런 그를 자신들이 상처조차 못 입히는 것은 어쩌면 당연
한 일인지도 모른다. 다만 문제는 카인의 안배와 사신과 절망
의 왕의 각성이 언제 나타나느냐는 것이다.

아무런 정보도 없고 변화도 나타나지 않으니 답답할 수밖
에 없었다.

"어떻게 되든 현재로선 부딪쳐 보는 수밖에요."

진월의 의견에 소울이 고개를 끄덕이며 동의했다.

이대로 싸웠다가는 자신들의 죽음밖에 보이지 않지만 다
른 수가 존재하지 않았다. 분명 그 이전에 어떤 조화가 나타
나리라.

그렇지 않고서는 이 퀘스트는 애초에 불가능한 것이니 말
이다.

"갑니다!"

진월이 외치며 재차 케신에게로 달렸다. 그러자 소울과 강

할래 역시 자신들의 모든 스킬을 꺼내며 케신을 덮쳤다.

"12선!"

쉐에에엑!

열두 개의 선이 사방에서 케신의 급소를 뒤덮었다.

"사신의 철퇴!"

쿠우웅!

검을 두 손으로 잡은 소울이 점프해서 케신의 목을 노리고 세차게 내려쳤다.

"절망의 포효! 크허엉!"

케신에게는 효과가 없을 듯하지만 내심 스턴 효과를 기대하며 포효를 시전한 강할래가 거리를 좁혔다.

스르릉!

그런 강할래의 이가 날카로워졌다. 자신의 강력한 스킬을 시전하기 위해 흡혈을 시도하려는 것이다.

퍼억! 채애앵!

한데 경악스러운 일이 벌어졌다.

12선과 사신의 철퇴, 강할래의 이가 아무런 흠집조차 못 낸 것도 모자라, 그의 강철 같던 송곳니가 부러져 버렸다.

"이제… 목을 축여야겠어."

도저히 믿을 수 없는 상황에 강할래가 망연자실하게 부러진 송곳니를 바라볼 때였다. 케신이 드디어 움직였다.

퍼어억! 뿌드득!

"하, 하악."

강할래에게 쇄도하는 케신의 앞을 겨우 막아선 진월은 끔찍한 통증을 느꼈다. 단지 케신의 몸에 팔이 부딪쳤는데 부러지며 덜렁거린 것이다.

"그토록 죽고 싶은가 보구나."

"할 수 있으시다면."

퉤엣!

카인의 얼굴로 비릿한 웃음을 흘리는 케신에게 진월이 피 섞인 침을 뱉었다.

어차피 죽음은 각오하고 있었고, 현재 목이 잡혀 있는 진월로서는 유일한 발악이었다. 하나 침은 마기에 부딪치며 증발해 버렸다.

"오호, 재미있는 놈이로군."

푸슈우욱!

"지, 진월님!"

"이, 이놈!"

케신이 조소를 머금을 때였다. 진월의 배에 갖다 댄 그의 손에서 마기가 발출되더니 그대로 배를 관통한 채 사라졌다.

"하, 하아……."

털썩.

복부를 중심으로 옆구리까지 절반이 사라진 진월의 육체

가 지면에 떨어졌다.

‘뭐야? 도대체 어떻게 이기란 거야.’

호흡이 점점 어려워졌다. 퀘스트의 영향으로 이루 말하기 힘든 아픔이 엄습했다. 전신에서 오한이 났으며 눈이 빙빙 돌기 시작했다.

“죽어! 사신의 해일!”

“절망의 축복!”

진월의 눈에 소울과 강할래가 스쳐 지나갔다.

처참한 그의 모습에 둘은 분노했지만, 케신에게는 개미가 지나가다 부딪치는 것과 다를 바 없는 공격이었다.

인간과 신의 절대적인 힘의 격차.

쩌어억!

그 속에서 소울의 오른팔이 찢겨지며 진월의 얼굴 옆으로 버려졌다.

파지직!

강할래의 무릎 한쪽이 그대로 터지며 중심을 잡지 못한 채 넘어졌다.

‘안배는… 각성은……!’

자신을 돕기 위한 그들의 처참한 전투에 진월은 마음속으로 원망을 터뜨렸다.

이제는 그 무언가가 나타나야 하지 않는가.

그림자 여우, 사신, 절망의 왕이 단 몇 분도 버티지 못하는 상대. 아니, 케신이 마음만 먹는다면 수십 초면 충분했다.

그런 케신을 상대로 언제까지 더 버텨야 한다는 말인가.

"아직 숨이 붙어 있었군."

케신이 손에 묻은 피를 핥으며, 헐떡거리며 경기를 일으키고 있는 진월에게 걸음을 옮겼다.

"여우의 냄새가 나는 인간아, 너의 심장은 맛있니?"

케신이 의미심장한 말을 던지며 손을 높이 치켜올렸다.

소울과 강할래는 그 광경을 보면서도 움직일 수가 없었다. 찰나 동안 둘 다 죽기 직전의 상태에 도달한 탓이다.

"잘 가라."

푸우욱!

"아, 아아……."

케신의 손이 예리하게 진월의 가슴을 관통했다. 심장을 가득 움켜쥐는 사악한 기운에 진월은 신음조차 나오지 않았다.

소울은 차마 보지 못한 채 두 눈을 질끈 감았으며, 언제나 티격태격하는 강할래의 눈동자에는 핏줄이 서렸다.

촤아악!

케신이 손을 뽑아냈다. 피가 분수처럼 솟구쳤다.

그의 손에는 진월의 펄떡펄떡 뛰는 심장이 들려 있었다. 그가 군침을 흘리며 입을 크게 벌렸을 때다.

"반월!"

진월의 우렁찬 외침 속에서 반월이 무시무시한 위력으로

케신을 덮쳤다.

"어찌······."
"글쎄?"
한 손으로 진월의 카리스를 부여잡은 케신이 처음으로 놀라움을 드러냈다.
두려움은 아니었다. 아까보다는 기운이 상승하기는 했지만 아직도 그 격차는 감히 표현할 수 없을 정도이니까.
단지 예상치 못한 상황이 이해가 되지 않았다.
자신과 같은 능력을 갖고 있다면 모르겠지만 어떻게 심장을 뽑았는데 살아난단 말인가. 그것도 부상이 모두 회복된 채.
더군다나 마족도 신족도 아닌 인간이!
'이런 거였군.'
진월은 속으로 안도의 한숨을 내쉬었다.
심장이 뽑히는 순간, 말 그대로 죽음의 느낌이 전해져 왔다. 한데 바로 그때 알림음과 함께 안배의 효과가 나타났다.
생사의 경계에서 싱크로율 5%란 알림음. 동시에 전신의 부상이 회복됐으며, 심장 역시 재생됐다.
그리고 가공할 만한 힘이 피어오름을 느꼈다.
5%란 카인이 준 안배의 힘의 5%를 사용할 수 있게 됐다는 뜻 같았다.

‘다만… 꽤 괴롭겠어.’

진월은 느낄 수 있었다. 아무리 되살아나고 안배의 힘이 깨어나기 시작했지만 아직도 케신에 비하면 터무니없다는 사실을.

존재 자체가 두려움인 케신과 맞서기 위해서는 자신뿐 아니라 소울과 강할래 역시 100%의 싱크로율을 해야 한다는 사실을.

‘그전까지 반복해야 되는군.’

진월은 조금 전 죽음에 도달하기까지의 뼛속 깊이 파고드는 고통을 떠올리며 살짝 한숨을 쉬었다.

하나 표정만큼은 조금 전에 비해 확연히 밝아졌다.

앞으로 반복될 시간이 걱정되기는 하지만 적어도 막막함은 사라졌다. 희망이 생긴 것이다.

“오오, 각성이 됐군요.”

“흐흐, 이제 네놈은 죽었다.”

뒤를 이어 소울과 강할래 역시 죽음을 맞이하며 각성을 거치며 깨어났다. 곧 셋은 죽음을 각오하며 재차 케신을 향해 접근했고, 시간이 흘렀다.

“하아, 이 벌레 같은 인간들이……!”

살짝 호흡이 거칠어진 케신이 양손을 거칠게 휘둘렀다.

콰콰콰콰!

그러자 엄청난 마기가 발출되며 진월과 일행을 휩쓸었다.

“하아, 하아.”

한데 셋은 죽지 않았다. 비록 전신이 상처투성이가 됐다 하지만 이제는 케신의 일격을 어느 정도 견딜 수 있는 상태까지 도달했다.

현재 그들의 싱크로율은 50%였다.

“네놈들은 뭐냐?”

케신이 짜증이 서린 표정으로 물었다. 이건 있을 수 없는 일이었다.

자신이라 할지라도 죽음에 이르는 부상을 당하면 상대의 몸에 기생해야 살 수 있지 이들처럼은 불가능했다.

마치 존재 자체가 불사인 것처럼 어떤 방식으로 죽여도 살아났다. 단 일격에 전신을 재로 만들어도 마찬가지였다.

그리고 가장 의아한 점은, 두 명의 기운과 기술이 낯익다는 점이었다. 아니, 완벽하게 똑같다고 봐도 무관했다.

“어찌… 놈의 힘을 가진 것이지?”

케신이 강할래에게 시선을 던졌다.

그림자 여우는 납득할 수 있었다. 여우족에서, 혹은 그림자 여우가 무언가를 남겨 후계자를 키울 수 있을 테니까.

그런데 같은 10대 악마였던 절망의 왕은 달랐다. 또한 죽어서 부활할 때마다 점점 그의 힘을 갖춰가고 있었다.

“그게 중요한가?”

진월이 말을 가로채며 앞으로 걸어갔다.

처벅, 투툭.

한 걸음을 뗄 때마다 몸 곳곳의 상처가 벌어지며 피가 흘렀다.

"하긴… 어차피 죽어 사라질 하찮은 것들이니……."

케신은 초조한 마음과 달리 여유로움을 위장한 채 한 손을 높이 들었다.

죽이면 안 된다, 그럴 때마다 더욱 강해져서 부활하니. 하나 죽이지 않을 수도 없다, 자신이 죽임을 당할 테니.

"나의 절대적인 능력과 너희들의 생명력, 어느 쪽의 한계가 먼저 드러날까."

그 말을 끝으로 케신이 팔을 아래로 내려쳤다.

후오오옹!

거대한 마기의 칼날 바람이 일행을 단숨에 집어삼켰다.

"크큭, 믿어지지가 않는군."

케신이 허탈한 웃음을 흘렸다. 수십 번을 죽였다. 그런데도 셋의 인간은 멀쩡히 자신을 바라보고 있었다.

처음과는 비교할 수 없는 힘을 갖춘 채.

'100%.'

그런 케신을 바라보며 진월은 두 주먹을 불끈 쥐었다. 전신에서 이때까지는 경험해 본 적이 없는 에너지가 충만했다.

셋이 힘을 합친다면 악마 중에서도 악마인 케신과 맞설 정도의 위력이었다. 신과 대등한 힘을 갖게 된 것이었다.

다만 내심 불안함도 존재했다. 100%가 되면서 이제는 죽어도 살아날 수 없다는 알림음이 떴다.

즉, 셋 다 100%인 지금이 마지막 기회인 것이다.

만약 이번에도 케신에게 최후를 선사하지 못한다면 퀘스트는 실패였다.

'어떻게 이럴 수가 있냔 말이다!'

케신은 머릿속이 혼란스러워졌다.

찝찝하기는 했지만 단 한 번도 자신의 패배를 의심하지 않았다. 카인의 힘과 육체까지 가진 자신이 한낱 인간들에게 패할 리가 없었다.

그런데 지금은 달랐다. 자신은 힘을 소비하고 지치며 상처 입었는데, 세 명은 더욱 완벽히 부활했다.

이제는 이긴다는 확신 역시 희미해졌다. 만약 또다시 살아난다면 그때는 지금의 육체를 버려야 할지도 모른다.

"후으읍."

진월이 호흡을 길게 들이마시며 카리스를 쥔 손에 힘을 가득 줬다.

"하아압!"

빠드득!

그리고 기합을 내지르는 순간, 그의 전신에서 폭발적인 기운이 발출되더니 주위의 지면이 금이 갔다.

이미 봉인의 땅은 산산조각 난 지 오래였다.

쉐에엑! 콰아앙!

순식간에 거리를 좁힌 진월과 케신의 두 주먹이 허공에서 부딪쳤다. 기의 폭발이 일어나며 대지가 흔들렸다.

"12선!"

번쩌억!

힘에서 밀리며 뒤로 물러서던 진월이 케신이 바짝 추격해 오자 12선을 시전했다.

한데 이때까지의 선이 아니었다. 개당 경이적인 위력을 갖춘 스물네 개의 선이 케신의 사지를 노리고 파고들었다.

"감히!!"

케신이 인상을 일그러뜨리며 전신에 마기를 둘렀다.

콰콰콰쾅!!

한 치 앞도 분간하기 힘든 폭발이 연이어 일어났다. 진월은 기운을 끌어올려 몸을 감싸고 폭발 속으로 뛰어들었다.

퍼퍼퍼퍽!

그러자 케신의 마기가 둘러진 주먹이 찰나 동안 수십 번이나 휘둘러졌다. 진월은 다급히 막아내며 스킬 연계를 펼쳤다.

"물의 파편! 반월!"

촤아아악! 스파앗!

물방울이 아닌, 폭풍과 같은 세찬 물줄기가 발출됐으며, 세상조차 베어버릴 것 같은 크나큰 반월이 뒤를 이었다.

“일격!”

“이 건방진 벌레가!!”

‘이런!’

진월의 미간이 찌푸려졌다. 아직도 케신의 힘이 우위라는 사실은 잘 알고 있지만, 그의 힘은 정말 끝없는 듯 보였다.

파편과 반월을 뿌리치고 나서 일격마저 한 손에 집중시킨 마기로 막아내며 역공을 펼칠 줄이야.

“네놈들이 나를 이길 수 있다고 믿느냐!!”

콰드드득!

케신이 주먹을 지면에 내리꽂자, 진월의 발밑에서 검은 마기가 용암처럼 폭발했다.

“후으읍!”

진월의 육체가 핏방울을 떨어뜨리며 솟구쳤다. 케신은 숨을 크게 들이마셨다. 그의 배가 복어처럼 부풀었다.

마기를 응축시킨 브레스를 발출하기 위함이었다.

하나 케신의 뜻은 이뤄지지 않았다. 소울과 강할래가 진월을 노릴 틈을 주지 않았기 때문이다.

푸우욱!

“이, 이놈이!”

강할래의 송곳니가 케신의 어깨 살점을 뚫고 들어가 피를 빨아댔다.

“사신의 심판!”

소울의 검에 원형의 기운이 뭉치더니 삽시간에 거대해졌다. 새롭게 익힌 사신의 통곡을 뛰어넘는 데미지 스킬!

"블러드 카오스!"

케신의 주변 네 방향에서 검은 블랙홀과 같은 형상이 나타났다.

후오오!

검은 블랙홀들이 맹렬히 회전하기 시작하더니 심판과 함께 케신을 사방에서 압박했다.

"여기도 있다! 섬광!"

그 순간, 진월 역시 허공에서 떨어지며 섬광을 시전했고, 세 명의 최강 스킬이 하나되어 케신을 강타했다.

사아아…….

파괴의 흔적만이 남은 고요함 속에서 셋은 거친 숨을 몰아쉬며 상황을 주시했다.

안배와 각성의 힘이 나타난 이후로는 기운을 조절할 수 있었고, 셋 모두 지금의 일격에 전신의 힘을 다했다.

이제 남은 기운은 몸을 움직일 수 있는 최소한의 기운뿐이었다.

'제발…….'

심장박동은 물론 그 어떤 인기척조차 느껴지지 않자 진월은 이대로 퀘스트가 무사히 끝나기를 간절히 바랐다.

그것은 소울과 강할래 역시 마찬가지였다.

시간은 오래 걸리지 않았지만 오늘 겪은 수없는 죽음의 경험들로 인해 이제는 제발 쉬고 싶었다.

하지만 모두의 기대는 곧 무너졌다.

두근두근, 터억터억.

진월의 어깨가 처졌다. 멈췄던 심장박동 소리가 들리더니 케신이 일어나 걸어오기 시작했다.

"놀라워, 정말."

케신은 한쪽 팔이 사라지고 몸 곳곳에 적지 않은 부상을 입었지만 그의 전신에서 피어오르는 마기는 점점 크기를 더해 갔다.

더불어 분노가 섞인 살기가 모두의 호흡을 곤란하게 만들 정도였다.

"감히 이 몸에 상처를 입히다니……."

케신은 이를 바득바득 갈았다.

조금 전의 일격은 생명의 위협조차 느낄 만큼 막강했다. 자칫 잘못하면 전투 불능의 상태가 될지도 모를 정도였다.

"이제… 끝내주마."

케신이 차갑게 말하며 빠른 속도로 움직였다.

만약 이번에 죽어서도 부활한다면 그때는 어쩔 수 없이 자리를 피할 계획이었다.

전투를 계속 펼치기에는 부상이 깊었고, 또한 순간적으로 마기를 모두 끌어올리고 있지만 자신 역시 한계에 도달했다.

한편으로는 저들을 계속 죽여 개개인이 자신보다 강하게 만든 후 몸을 흡수할까도 생각해 봤지만, 분명 그 이전에 생명이 위험하게 될 테니 포기했다.

"처절한 고통 속에서!"

약속하듯 크게 외친 케신의 신형이 흐릿해졌다.

터어억!

"크, 크아악!"

그 첫 번째 제물은 바로 강할래였다. 어느새 강할래 뒤에 나타난 케신이 손을 그의 척추에 갖다 대더니 마기를 관통시켰다.

강할래는 허리를 시작으로 전신의 뼈가 금이 가는 듯한 끔찍함 속에서 두 다리가 휘청거리더니 무릎을 꿇었다.

"어, 어딜!"

"다가와 주다니… 고맙군."

바로 곁에 있는 소울이 검을 휘두르며 접근하자 케신은 조소를 머금으며 한 손으로 검을 부여잡았다.

퍼어억!

"하, 하악……."

그리고 다리를 들어 올려 복부를 걷어찬 후 호흡이 막히며 휘청거리는 소울의 머리카락을 부여잡더니 무릎으로 찍어버렸다.

“아저씨! 소울님!”

진월이 이를 꽉 깨물며 카리스를 휘둘렀다.

현재 케신의 마기는 일시적인 것인지는 알 수 없지만 처음보다 오히려 더 강렬히 불타고 있었다.

그렇기에 기운을 모두 소진한 둘이 좀 전의 일격에 무사할 리가 없었다.

“카인의 후계자인가.”

진월의 손목을 부여잡은 케신이 카리스를 힐끔거리더니 능글맞게 웃었다.

“벌레치고는 재미있었다. 지옥에서 너의 나약함을 원망해라.”

트트특!

“하, 하악!”

진월은 저도 모르게 신음을 토해냈다. 케신이 손목을 그대로 꺾어버렸기 때문이다.

스파앗! 털썩!

“으, 으아악!”

그 후, 손날을 세워 팔을 내려쳤는데, 검에 베이기라도 한 듯 진월의 팔꿈치 아래가 잘리더니 카리스와 함께 지면에 떨어졌다.

“한 번에 끝내주지.”

빠가악!

"이, 이 자식!"

진월은 분한 목소리로 외치며 소울과 강할래의 곁에 쓰러졌다. 케신이 두 무릎의 뼈를 마기를 주입시켜 한순간에 박살 낸 탓이다.

"진월님… 죄송합니다. 제가 더 강했더라면……."

셋을 한자리에 눕힌 케신이 허공으로 솟구치자 소울이 힘겹게 말을 꺼냈다.

처음에는 몰랐지만 싱크로율이 높아질수록 확연히 느낄 수 있었다, 자신의 나약함을.

사실 그것은 어쩔 수 없었다. 한 명은 여우족에서 신과 맞먹는 힘을 가진 그림자 여우였고, 다른 한 명은 10대 악마인 절망의 왕이었다.

한데 사신은 준 히든 클래스이자 인간이었기에 영웅들끼리의 실력에서는 큰 차이가 났다. 그 점은 진월조차 미처 계산하지 못한 부분이었다.

안배와 각성이 스토리 속 영웅의 힘을 그대로 전이해 주는 것이란 사실을 미리 알았더라면 소울이 아닌 다른 히든 클래스를 데리고 왔을 것이다.

하지만 이제 와 시간을 되돌릴 수 없었다. 소울은 최선을 다했다. 그가 사과할 이유는 전혀 없었다.

"감사합니다. 저를 위해 노력해 주신 두 분의 마음, 잊지 않겠습니다."

진월이 환하게 웃으며 진심을 전했다.

소울과 강할래는 아무런 이득이 없음에도 불구하고 함께 고통을 겪으며 끝까지 최선을 다해줬다.

"그리고 아직 끝나지 않았습니다."

"네?"

"무슨 소리냐, 그게?"

절망적인 상황. 진월이 포기하지 않자 소울과 강할래가 의아함을 감추지 못했다.

아무리 고민을 해봐도 현재의 상황을 뒤엎을 역전의 찬스는 존재하지 않았다.

"단 하나의 방법이 있습니다. 유저이기에 망설임없이 쓸 수 있는 계책."

"그게 무엇이냐?"

진월은 고개를 들어 케신을 확인했다.

츠츠츠!!

그는 영혼조차도 파괴하려는 듯 모든 마기를 한 손 위에 집중시키고 있었고, 마기는 검은 불꽃의 형상으로 이글거렸다.

"그 방법이란……."

진월이 최대한 간략하게 작은 목소리로 뜻을 설명했다. 그러자 소울과 강할래는 고개를 끄덕였다.

어차피 죽음을 피할 수 없는 상황, 모 아니면 도였다.

"고맙습니다."

　자신의 의견에 둘이 동의하자 진월은 곧바로 실행에 옮겼다.

“음……?”

마기의 폭염을 완성시킨 케신이 고개를 갸웃거렸다. 진월의 모습이 보이지 않았다.

덥석!

“나를 찾나?”

“크윽.”

케신의 얼굴이 일그러졌다. 진월이 어느새 자신의 등 뒤로 와서 끌어안으며 움직임을 봉쇄했기 때문이다.

“무슨 짓을 하려는 것이지?”

케신이 돌아보지 않은 채 마기를 몸 안으로 다시 불러들이며 물었다.

조금 전 기운이 이동하는 것은 느꼈다. 하지만 저 셋이 아무리 힘을 하나로 합친다 해도 현재 자신을 이길 수 있을 리 없었다.

“글쎄? 이런 짓?”

파아앗!

“이, 이놈!”

케신은 당혹함을 금치 못했다. 설마 설마 했는데…….

“함께 죽으려는 것이냐!”

“잘 아시는군.”

진월은 쓴웃음을 지으며 모든 생명력마저 끌어올렸다.

'제발… 맞아떨어지기를.'

쩌저적!

몸에서 붕괴가 일어나자 진월은 간절히 기도했다. 이 계획을 결심하게 된 이유는 퀘스트 정보로 인해서였다.

분명 케신을 영원히 잠들게 하라는 것이었지, 자신이 죽으면 안 된다는 내용은 없었다.

그래서 소울과 강할래에게 생명력을 모두 소진해 자신한테 힘을 넘겨달라고 부탁했다.

이전이라면 모르겠지만 신급의 실력을 갖춘 지금은 어려운 일이 아니었으며, 그들은 자신들의 생명을 불태우며 죽음을 맞이했다.

"단 일격에 다시는 부활할 수 없도록 만들어야 한다 했지."

"어찌 네놈이……!"

케신은 다급히 마기를 최대치로 끌어올리는 것도 부족해 자신 역시 일정량의 생명력까지 희생했다.

진월에게서 퍼져 나오는 기운이 예사롭지 않음을 깨달은 탓이다.

"깨어나자마자 안녕이군. 즐거웠다. 하아압!"

진월이 목청이 터져라 기합을 내질렀다.

스스스!

　균열이 일어나고 석상이 부서지듯 파괴되고 있던 진월의 육체에서 새하얀 빛이 뿜어져 나왔다.

　콰콰콰쾅!

　그리고 세 명의 생명력은 곧 거대한 폭발을 일으키며 주위를 초토화시켰다.

Chapter 6

왕녀

Shadow
Fox

케신의 부활 퀘스트가 완료됐습니다.

A급의 퀘스트 보상으로 명성이 1,000 상승합니다.

전체 스텟이 500 상승합니다.

주 스텟이 500 상승합니다.

스텟 포인트가 500 주어집니다.

직업 효과로 주 스텟이 1□% 상승합니다.

생명이 2,□□□ 상승합니다.

마나가 1,□□□ 상승합니다.

패시브 스킬이 일정량 상승합니다.

엑티브 스킬이 2레벨씩 상승합니다.

패시브 스킬 유지가 생성됐습니다.

엑티브 스킬 관통이 생성됐습니다.

엑티브 스킬 진화가 생성됐습니다.

엑티브 스킬 여우검이 생성됐습니다.

1대 악마인 케신을 소멸시켰습니다. 칭호가 여우그림자에서 영웅으로 변경됩니다.

영웅의 효과로 명성이 5□□ 상승하며 만인이 존경심을 갖게 됩니다.

"하, 하하……."

케신은 재가 되어 흩어졌고, 진월의 예측처럼 그가 죽자 퀘스트가 완료되며 부활했다.

그리고 쉬지 않고 들려오는 퀘스트 보상 알림음. 진월은 너무나 큰 혜택들에 입을 다물지 못했다.

"대박인 듯한데요."

"A급 퀘스트이지 않느냐."

"어떤 보상인지 궁금하군요."

"기다려 보자꾸나."

소울과 강할래는 그 모습을 뒤에서 지켜보며 진월의 기쁨을 방해하지 않았다.

'A급이기에 기대는 했지만…….'

진월의 몸이 쾌감에 부르르 떨렸다. 설마 이 정도일 줄이야.

먼저 명성만 총 1,500이 상승했으며 적지 않은 돈인 2,000

만 라르크가 주어졌다. 그뿐 아니라 칭호가 영웅으로 변경됐다.

만인의 존경심은 유저들이 아닌 NPC들에 한해서이겠지만 앞으로 퀘스트를 할 때나 상점들을 이용할 때 유용할 것이다.

또한 레벨 업 소리가 쉬지 않고 들렸는데, 총 20업을 하게 됐으며 주 스텟인 민첩이 10% 상승했다. 직업 효과이기에 영구적이었으며 대단한 수확이었다.

'새로운 스킬들 역시 생겼다.'

패시브 스킬 한 개와 엑티브 스킬 세 개. 이 역시 엑티브 스킬에 목말라 있던 진월로서는 가뭄의 단비와 같은 보상이었다.

더군다나 엑티브 스킬 2레벨 상승까지!

다만 한 가지는 무엇인지 알 수 없는 것이 있어서 진월은 정보를 확인했다.

Item

[금아의 심장]
전설의 신수라 불리는 금아.
금아의 심장은 죽은 이도 되살린다고 한다.
서베를 만나 깊은 잠에 빠진 왕녀를 만나라.

'왕녀!'

진월의 두 눈이 급격하게 커졌다.

서베라는 이름이 거슬리기는 했지만 왕녀 앞에서는 그조차도 상관없었다.

아직 그 누구도 만나지 못했던 왕녀를 자신이 최초로 접할 수 있게 됐다. 그것도 그녀를 잠에서 깨어나게 하는 장본인이 되면서 말이다.

금아의 심장의 정보를 보니 분명 그러했다.

'역시 하늘은 공정하구나!'

그동안 수없이 하늘을 원망할 때는 언제고 순식간에 안면 몰수하며 극찬!

곧 진월은 흥분을 힘겹게 자제하며 자신의 정보창을 열었다. 고생 끝에 가장 행복한 순간이 아닐 수가 없었다.

"정보."

Status

생명:41,000 마나:31,730 체력:100

이름:진월	레벨:205	근력:1,668	체질:1,415	민첩:3,812
명성:4,520	성향:어둠	지식:1,126	재치:1,145	정신:1,279
직업:그림자 여우		행운:1,061	예술:1,045	상술:1,039
칭호:영웅		소드:1,345	오감:1,324	친화:1,181
		여우:1,055	집중:1,009	극복:816

스텟 포인트:500

장비 효과:공격력+380~550   방어력+135~155   저항력+75~90
민첩 13%, 크리티컬 13%, 전체 스텟 13%, 체질 5%, 근력 5%, 정신 5% 상승.

추가 효과:크리티컬 확률 5%, 명중률 5%, 공격 속도 20% , 근력 10% 상승,
데미지 저항 10%

직업 효과:어둠이 지배하는 시간, 공간 전체 스텟 10%, 크리티컬 5% 상승, 전
체 스텟 5% 상승, 스킬 쿨타임 감소 10%

'명성 4,520!'

진월은 주먹을 불끈 쥐었다. 단숨에 명성 5위권 안으로 파
고들게 된 것이다.

Skill

[패시브 스킬]

그림자(고급:42%)
어쌔신의 장점을 극대화시켜 바람보다 빠르고 그림자처럼 은밀하게
적을 기습합니다.
비열하고 치사하게 공격할수록 효과가 커지며 융화가 빨라집니다.
이동 속도, 회피율, 크리티컬, 공격 속도, 회피 상승!

맷집(고급:38%)
맞고, 맞고, 또 맞다 보니 불굴의 체질을 습득하셨습니다.

체질이 상승하고 방어력, 생명 회복 속도가 상승합니다.
고통에서 쾌락을 느낄 수도 있습니다.

식모(고급:2%)

주방에서 쌓인 설움과 한숨이 빛을 발합니다.
요리와 설거지, 청소, 바느질, 각종 다양한 잡일에 능숙하게 됩니다.
손재주가 상승하며, 경지에 이를 경우 왕궁 가정부로도 취업이 가능
합니다.

잠재력(고급:7%)

지독한 수련과 노력 끝에 감춰진 잠재력을 일깨웠습니다.
전체능력이 상승하고 주 무기인 단검을 장착할 시 추가 데미지를 입
힙니다.
생명력이 35% 이하일 시, 일정 확률로 어떤 공격도 회피할 수 있는
무적이 3초간 발동됩니다.

면역(고급:12%)

극한의 추잡함 속에서 단련된 비위!
되새김질에 능숙해지며 소들의 질투를 받게 됩니다.
각종 저주와 독의 면역력이 상승합니다.

'이 역시 대박이군.'

패시브 스킬 유지를 확인한 진월의 입가에 절로 미소가 지어졌다.

영웅의 손길이 무엇인지는 모르겠지만 PvP 시 민첩 상승은 1주년 이벤트에도 큰 도움이 될 터였다.

또한 진화의 상태일 때 스킬의 위력을 증가시켜 주는 효과까지 갖추고 있었다. 더불어 유지를 제외한 모든 스킬이 고급에 이르렀다.

일정 확률로 출혈 효과를 일으키며, 출혈에 걸릴 시 10초간 생명 저하. 추뎀 2,500. 소모 마나 3,500.

회피(Lv15:51%)

적의 기척을 감지하며 육체가 먼저 반응합니다.
회피율과 이동 속도가 일순간 상승하고 시야가 넓어집니다.
초당 소모 마나 40.

여우곡(Lv14:36%)

기운을 실어 여우의 울음을 토해냅니다.
울음을 들은 아군은 공격력, 공격 속도, 방어력, 회피가 25% 상승합니다.
지속 시간 20분, 소모 마나 3,000.

물의 파편(Lv15:31%)

해일을 생성하며 다수의 적을 공격합니다.
일정 확률로 스턴 효과가 발생합니다.
스턴 4초. 확률 상승, 데미지 상승, 소모 마나 3,000.

선(Lv14:22%)

일순간 육체의 움직임을 극대화시켜 신비로운 선을 그려냅니다.

폭풍의 칼날처럼 14선이 적을 갈기갈기 찢어버립니다.
소모 마나 4000.

폭(Lv14:18%)

불꽃처럼 타오르는 의지를 집중시켜 적을 멸합니다.
일정 확률로 폭발을 일으키며, 폭발이 발동될 시 생명, 마나회복 2,000.
소모 마나 4,000.

반월(Lv9:33%)

자연의 기운을 담은 반월을 발출합니다.
10미터의 사정거리를 보유하고 있으며, 일정 확률로 그림자가 형성
됩니다.
소모 마나 3,500.

섬광(Lv10:42%)

잔상을 남기며 적의 생명을 빼앗습니다.
혼의 불꽃을 태워 파괴력을 증가시키며, 일정 확률로 방어 불가능
효과가 발생합니다
소모 마나 4,500.

관통(Lv1:0%)

그 무엇이든 통과하며 거리를 단숨에 좁힙니다.

일정 확률로 돌풍이 형성됩니다. 돌풍 스턴 1초.

소모 마나 1,500.

진화(Lv1:0%)

카인의 안배를 습득하며 여우족의 비술인 진화를 체득했습니다.

생명이 50% 이하일 때 진화가 가능하며, 근력, 체질, 민첩이 대폭 상승합니다.

단 진화 스킬 이외는 스킬 사용이 불가능합니다. 지속 시간 1분.

소모 마나 10,000.

여우검(Lv1:0%)

잠재된 여우족의 기운을 검에 실어 적을 섬멸합니다.

일정 확률로 여우의 형태를 갖추며, 데미지가 1.2배 증가합니다.

소모 마나 5,000.

'어떤 스킬들일까.'

진월은 선물 상자를 눈앞에 둔 어린아이처럼 떨려 했다.

관통은 그동안 있으면 좋겠다고 느낀 스킬이었다. 회피처럼 이속이 일정 증가하는 것이 아닌, 거리를 단번에 좁힌다.

PvP는 물론 몬스터와의 사냥에서도 필요한 스킬이었다.

한데 진화는 무엇인지 감이 잡히지 않았다. 10,000의 마나가 필요하고 스킬 정보를 봐서는 아무래도 변신이 아닐까 추측됐다.

그리고 여우검의 위력과 여우의 형태가 궁금했다. 레벨이 1임에도 불구하고 소모 마나가 5천! 섬광을 넘어서는 새로운 데미지 스킬이었다.

"어떻습니까?"

"역시 A급의 혜택입니다."

소울이 묻자 진월은 그때야 정신을 차리며 엄지손가락을 치켜올렸다.

"저희도 마찬가지예요."

"예? 뭐가요?"

진월이 고개를 갸웃거리며 되물었다. 그러고 보니 소울과 강할래가 입이 귀에 걸릴 정도로 웃고 있었다.

"진월님께서 이벤트 확인하실 때 저희에게도 알림창이 나타났습니다."

"알림창이요?"

진월의 목소리 톤이 높아졌다.

안 그래도 라르크라도 나눌 계획이었다. 소울과 강할래는 아무것도 얻은 게 없으니. 한데 혜택이 있었을 줄이야. 자신의 일처럼 기분이 좋았다.

"예! 저희 역시 영웅의 호칭을 습득하게 됐습니다. 명성과 함께 존경심을 받는다는 영웅의 혜택과 유지라는 패시브 스킬도 얻었고요!"

“으하하! 이 몸에게 영웅이란 단어가 부족하지만 받아주지!”

언제 어디서나 시건방 작렬!

그런 강할래의 모습에 진월과 소울은 웃음을 터뜨렸고, 셋은 곧 마계를 빠져나왔다.

＊　　　＊　　　＊

“진월이 영웅이 됐어!”

“진월님뿐만이 아닙니다. 가온 길드의 소울님과 강할래님 역시 영웅이 되셨더군요.”

“마계의 퀘스트에 그런 대박이 있었군.”

“10대 악마를 해치우다니! 진월님은 정말 항상 최초의 길을 걸으시네.”

“마계는 물론 영웅의 혜택은 뭘까?”

“젠장. 될 놈만 되고 난 아무리 게임해도 숨겨진 곳 하나 못 찾고!”

“나도 가온 길드 가고 싶다.”

차원의 틈새가 시끌시끌해졌다.

최초로 마계에 입성한 것도 부족해서 이번에는 영웅이 됐다. 그 이전에도 진월은 그 어떤 유저들도 해내지 못한 것을 이뤄냈었다.

　　그렇다 보니 진월과 더불어 가온의 명성 역시 하염없이 솟구쳤고, 소식을 접한 차원의 길잡이에서도 진월의 특집을 서둘러 계획 중이었다.

　　그 시각 진월은 서베의 탑 입구에 도착했다.
　　"아니, 진월님 아니십니까!"
　　"우아, 진월님! 다시 뵙게 되다니 영광입니다!"
　　"하하! 왜들 그러세요. 서베님을 만나뵙기 위해 찾아왔습니다."
　　"예! 당장 올라가서 전하겠습니다. 서베님 역시 기뻐하실 겁니다!"
　　'영웅의 효과가 대단하긴 하구나.'
　　진월은 만족스러움을 느꼈다.
　　이들 경비병들은 서베를 찾아올 때마다 만났던 이들로, 자신한테 언제나 편하게 말했었다.
　　그런데 영웅이 된 이후 이렇게 태도가 달라질 줄이야.
　　'하면 서베 역시!'
　　진월의 두 눈동자에 불꽃이 서렸다.
　　그동안 자신이 서베한테 당한 게 한두 번인가? 서러움을 말하자면 책 한 권도 집필할 정도. 하지만 이제는 달랐다. 제아무리 서베라 해도 자신은 대륙의 영웅! 오늘은 기필코 보답해 주리라!

“어서 모셔오랍니다!”

그때 소식을 전하러 갔던 병사가 내려오며 외쳤고, 진월은 독한 마음을 품으며 그 뒤를 따랐다.

“얼른 앉지 않고?”

“…….”

진월은 가자미눈이 되어 서베를 내려다봤다.

그는 예상처럼 영웅을 향한 존경심이 가득하기는 개뿔! 변함없는 태도로 일관했다. 그뿐 아니라 여전히 손바닥까지 내밀고 있다.

영웅한테도 삥을 뜯는 장인의 고집!

“여기 있습니다!”

철썩!

결국 진월은 라르크를 탁자 위에 올리며 자리에 세차게 앉았다.

영웅이고, 왕녀를 구할 자신이기에 버텨볼까도 고민했지만 상대는 서베였다. 저 늙은이에게는 무슨 짓을 해봤자 자신만 손해였다.

“활약이 대단하더구만.”

“하하, 아닙니다.”

“알면 됐네.”

‘야잇!’

웃고 있는 진월의 볼이 씰룩거렸다. 정말 이분은 언제나 한결같이 패고 싶다!

"그에 관한 얘기를 해주겠는가?"

그때 서베가 이때까지와는 다른 진지함으로 무장하며 말을 꺼냈다.

"케신을 접했다면 그도 마찬가지겠지?"

"예, 그렇습니다."

진월의 표정이 어두워지며 가슴이 답답해졌다.

자신에게 카인은 게임의 시스템인 NPC이지만 서베한테는 친구이자 동료였다.

"카인님은……."

무거운 심정을 담아 길게 한숨을 내쉰 진월은 결국 카인에 대해 숨기지 않았다.

"그렇게 된 것입니다."

"……."

얘기를 끝낸 진월은 침묵을 지키는 서베를 바라봤다. 그는 고개를 푸욱 숙인 채 아무런 말을 하지 못하고 있었다.

자신의 동료를 잃은 심정. 그리고 언젠가 왕녀가 깨어난다면 어떻게 말해야 될지 슬프고 복잡할 것이다.

5분의 시간이 흘렀다. 진월은 위로하기 위해 그를 불렀다.

"서베님."

한데 서베는 여전히 아무런 대답도 없이 고개를 들지 못했다.

'슬퍼하는 모습을 보이고 싶지 않으신 거군.'

진월은 그의 속내를 알아차리며 천천히 두 눈을 감았다. 그가 마음을 비울 때까지 기다려 주기 위함이었다.

바로 그때 드디어 소리가 들렸다.

드르렁, 드르렁! 휘청!

"흐윽! 넘어질 뻔했군!"

'처잔 거였냐!'

진월은 휘청거리다 중심을 잡는 서베의 모습에 기가 찼다.

아니, 설령 며칠 잠을 못 잤다 할지라도 어찌 이 상황에서 잠들 수 있다는 말인가.

'어쩌면 서베다운 뭐… 그러면 그렇지.'

진월의 입가에 서글픈 미소가 맺혔다. 태연한 척 딴청을 피우는 서베의 눈동자가 젖어 있는 것을 발견했기에.

"서베님, 드릴 말씀이 있습니다."

슬픈 소식을 전했고, 이제는 그를 기쁘고 놀라게 해주고 싶었다. 진월은 곧 금아의 심장에 대해 전했다.

스르륵.

왕녀의 거처 앞. 물결무늬가 새겨진 새하얀 문이 열렸다.

사아아.

그러자 과하지 않은 장미꽃 향기가 방 안에서 퍼져 나왔고,

진월은 서베를 따라 안으로 들어갔다.

　다른 이들은 존재하지 않았다. 만약 왕녀가 깨어나지 못한다면 크나큰 실망을 줄 수 있기 때문이다.

　물론 실패할 경우, 단독으로 이런 행동을 한 것에 대한 책임을 피할 수 없겠지만 각오는 되어 있었다.

　"왕녀님이네."

　서베가 낮은 어조로 말하자 진월은 문, 방 안과 마찬가지로 한 점 티 없는 하얀 침대에 누워 있는 한 소녀를 바라봤다.

　퀘스트 영상에서 나왔던 왕녀와 일치했다.

　"나는 카인을 믿네. 그리고 자네도 믿어. 하니 깊은 잠에서 헤어나질 못하는 왕녀님을 꼭 깨워주게. 이 나라를 위해서라도."

　서베의 목소리는 간절했다. 현 왕은 이제 노쇠해졌으며, 왕의 자리를 물려줄 적당한 인물이 존재하지 않았다.

　"절대 잘못될 경우 내 목숨이 위험해서는 아니니, 오해하지 말게."

　'간절한 이유가 따로 있었구만.'

　진월은 쓴웃음을 흘리며 고개를 끄덕였다.

　서베에게도 그러하겠지만 자신 역시 중요한 순간이었다. 만약 왕녀가 깨어나지 못하는 것도 모자라 신변에 문제라도 생긴다면 큰일이었다.

“그녀를 보살펴 주게.”

왕녀에게 천천히 다가간 진월은 카인의 마지막 말을 떠올리며 입술에 손을 갖다 대려 했다.

터억!

한데 서베가 한발 앞서 진월의 손목을 낚아챘다.

“더러운 손을 감히 어디에!”

‘뭐가 더러운데?

그의 곱디고운 무개념에 진월의 주먹이 부르르 떨었다.

일단 금와의 심장을 먹이기 위해서는 입을 벌려야 할 것 아닌가. 더군다나 자신은 왕녀를 깨워주려는 것이다. 그런 사람에게 더러운 손이라니!

“어쩔 수 없지.”

스파앗!

서베는 진월의 손과 왕녀의 입술을 번갈아 바라보다가 곧 마나를 끌어올렸다. 마법으로 입을 벌리게 하려는 것이다.

“자, 이러면 왕녀님을 더럽히지 않고 깨울 수 있지 않은가?”

‘거참, 좋은 발언이구려.’

진월은 끓어오르는 짜증을 애써 누르며 벌려진 붉은 그녀의 입술 사이로 금와의 심장을 갖다 댔다.

금와의 심장은 붉고 새끼손가락 한 마디 정도의 크기였다.

진월이 기운을 주입시키자 순식간에 빛나는 가루가 되더니 왕녀의 입안으로 사라졌다.

그리고 시간이 흘렀다.

"끝인가?"

"아무래도요……?"

"허헐. 그렇군."

"……"

진월의 이마에서 식은땀이 맺혔다. 10여 분을 기다린 서베의 전신에서 피어오르는 살기!

"아직도 아무런 변화가 없다면 실패란 뜻이군? 허허헐! 이 새끼가!"

"커억!"

"그래! 그 자식은 그랬어! 설마 죽어서도 날 골탕 먹일 줄이야! 만약 왕녀님에게 무슨 일이라도 일어난다면 나는 죽어서라도 네 돈을 삥 뜯겠다!"

'이 상황에서도 삥 뜯고 싶냐!

실패했다는 불안감에 죽은 이한테까지 막말 폭발!

멱살이 잡힌 진월의 얼굴에 난처함이 스치고 지나갔다. 카인이 남겨준 금아의 심장. 정보 역시 분명 왕녀를 위해서 존재하는 것이었다.

한데 깨어나기는커녕 그럴 기미조차 보이지 않았다.

'도대체 금아의 심장은 무슨 역할을 위해?

퀘스트 아이템이 아무런 이유가 없을 리가 없었다. 진월이 깊게 한숨을 내쉴 때였다.

스스스…….

왕녀의 전신에서 붉은 빛이 새어 나왔다.

꿈틀꿈틀.

'약효가…….'

"왕녀님……."

진월과 서베의 두 얼굴에 기쁨이 차올랐다.

빛이 발하다가 사라지자 왕녀의 가느린 손가락이 움직이기 시작했기 때문이다.

"아 참, 이럴 때가!"

그러다 무언가를 떠올린 서베는 다급히 마법을 시전했다.

20년이란 시간 동안 자신을 비롯해 왕궁마법사들이 매일 그녀에게 마나를 불어넣어 주며 지켰다.

그렇기에 20년 만에 깨어난다 할지라도 움직임이나 시력에 큰 문제는 없겠지만 혹시나 하는 마음에 마법으로 방 안을 살짝 어둡게 만들었으며, 새어들어 오는 빛을 차단했다.

만약을 대비해 조금씩 적응시키는 것이 가장 안전했다.

스륵스륵.

손가락 다음에는 발과 다리였다.

아직 두 눈은 뜨지 않고 있었지만 점점 움직이는 곳이 많아졌고, 진월과 서베의 가슴은 더욱 크게 뛰었다.

만약 왕녀가 이대로 깨어난다면 아카리에 축복과 같은 일이었다. 진월 역시 큰 기대를 가지고 있었다.

최초로 왕녀와 만났고, 구해냈다. 분명 퀘스트나 보상이 있을 것이다.

쉐엑쉐엑.

어깨까지 미세하게 움직이던 왕녀의 숨소리가 커졌다.

이때까지는 마치 죽은 이처럼 호흡 소리가 거의 들리지 않았는데 말이다.

번쩍!

마지막으로 드디어 왕녀의 두 눈이 크게 떠졌고, 서베는 저도 모르게 큰 소리로 외쳤다.

"왕녀님!"

"깜짝이야! 놀랐잖아요."

"죄송합니다. 제가 죽을죄를! 차라리 저를 죽여주시옵소서!"

"피이, 왜 이러시지."

자신을 딸보다 아끼며 팔불출처럼 챙겨주던 서베가 오늘은 유독 과장된 반응을 하자 왕녀는 의아해했다.

그리고 무심결에 시선을 돌리다 자리에서 벌떡 일어서다 휘청거렸다.

"카인님?! 아앗!"

"위험합니다!"

곁에 있던 진월이 다급히 왕녀를 품에 안았다.

"카인님!! 어?"

넓은 진월의 품에 안긴 채 왕녀가 고개를 치켜올렸다. 하나 금세 자신이 잘못 봤다는 사실을 깨달으며 얼굴이 붉어졌다.

"죄, 죄송해요. 저는 카인님인 줄 알고……."

왕녀의 목소리가 떨렸다. 분명 카인이었는데 다른 사람일 줄이야.

"아닙니다. 괜찮습니다."

진월은 웃는 얼굴로 그녀를 조심스럽게 침대에 앉혔다. 바로 그 순간, 누군가 어깨에 손을 짚어 고개를 돌려보니 핏발선 눈으로 웃고 있는 서베가 다정히 조언했다.

"어금니 꽉 깨물어."

"……."

퍼어억!

"커어억! 왜, 왜 이러십니까!"

다짜고짜 선빵 강림!

진월은 아픔이 밀려오는 턱을 부여잡은 채 어이없음을 감추지 못했다. 아니, 도대체 자신이 왜 맞아야 한단 말인가!

"감히 더러운 손으로 왕녀님을 추행하다니!"

'왕녀가 안긴 거잖아!!'

"그만하세요!"

"와, 왕녀님……."

서베가 진월에게 달려들자 왕녀가 다급히 소리를 지르며 제지했다.

그러자 서베는 말 잘 듣는 어린아이처럼 곧바로 움직임을 멈췄으며, 이번만큼은 도저히 참을 수 없어서 물기라도 하려던 진월도 쩍 벌린 입을 다물었다.

"저분은 누구시죠?"

왕녀가 오늘따라 이상하게 힘이 들어가지 않는 육체를 매만지며 묻자, 서베는 잠시 씩씩거리다 고개를 숙인 채 대답했다.

"그의 유지를 이어받은 자입니다."

"그라면?"

"카인입니다."

서베의 목소리가 흔들렸다. 그때야 왕녀의 머릿속에서 케신에게 육체를 사로잡힌 채 자신을 상처 입히고 괴로워하던 카인이 스치고 지나갔다.

마치 오래전의 일처럼 떠오르는 그 기억.

"카인님은요? 카인님은요!"

왕녀가 자리에서 벌떡 일어서며 외쳤다.

그녀의 목소리는 이미 불안에 떨고 있었으며, 크고 맑은 두 눈동자는 붉게 젖어갔다.

유지를 이어받았다는 사실에서 무언가 잘못됨을 본능적으

로 느끼고 있는 것이다.

"카인님은……."

서베의 긴 얘기가 시작됐다.

"가까이 오셔도 돼요."

"으음."

얘기가 끝나고 서베가 소식을 전하러 간 사이, 왕녀의 말에 진월은 망설이며 뒤를 힐끔거렸다.

서베가 나가기 직전 귓속말로 조금이라도 접촉을 했다가는 용서치 않겠다고 경고한 탓이다.

물론 가까이 앉아서 얘기를 나누는 것이 접촉은 아니지만 조금 전 서베의 반응을 봤을 땐 그조차도 위험하다.

"저는 여기가 편한데요."

일부러 멀찍이 앉아 있는 진월이 눈치를 보며 대답하자 왕녀가 눈을 흘기며 짓궂게 말했다.

"저의 부탁을 거절하시겠다는 뜻인가요?"

"아, 아닙니다."

도도해진 목소리에 진월은 어쩔 수 없이 그녀의 침대 오른쪽 맞은편으로 가서 앉았다.

상대는 왕녀였다. 잠에서 깨어난 지금 사실상 아카리의 최대 권력자나 다름없었고, 밉보여서는 안 된다.

"그런 일들이 있었군요. 아직도 믿기지 않지만요."

왕녀의 목소리가 낮게 가라앉으며 또다시 눈이 촉촉하게 젖었다.

서베의 얘기를 듣는 동안에도, 그 후로 한 시간 가까이도 슬픔을 참아내지 못한 채 울었던 그녀다.

'자신의 신분으로 인해 억지로 참고 있겠지.'

왕녀가 고개를 숙인 채 입술을 꽉 깨물며 애써 마음을 다스리자, 진월은 씁쓸히 바라봤다.

어릴 때부터 왕녀의 삶을 살아온 그녀이기에 감정 조절은 그 누구보다 익숙할 터였다.

이 세상에서 귀족이란 이름은 가면을 쓰지 않고는 살아갈 수 없을 테니까.

한데 그런 왕녀가 처음 보는 자신이 있음에도 불구하고 그토록 서럽게 울었다는 것은 카인이 그녀에게 어떤 존재인지 잘 느낄 수 있게 해주었다.

아마 오랜 시간 홀로 아파할 테고 말이다.

"마지막까지 저를 생각해 주셨군요……."

왕녀의 입가에 옅은 미소가 맺혔다.

그 순간에서도 금아의 심장을 찾아내고, 사라져가면서도 자신을 걱정했다는 그.

비록 이제는 볼 수도, 온기를 느낄 수도 없지만 마치 곁에서 함께하는 기분이 들었다.

"대단한 분이시군요."

"예. 저 역시 그리 생각합니다."

진월은 고개를 끄덕이며 동감했다.

자신보다 이 세상을 더 중요시 여기던 그의 가치관이나 한 여자를 깊이 사랑하던 진정. 모든 게 쉽지 않은 것이었다.

"아니요. 진월님 말이에요."

"아, 저요?"

하나, 왕녀가 얘기한 이는 카인이 아닌 바로 눈앞에 있는 진월이었다.

"예. 그분의 유지를 이어받아서 그 대악마 케신을 해치웠고, 20년이란 시간 동안 잠들었다는 저 역시 구해주셨잖아요. 그분의 뒤를 잇는 대단한 영웅이세요."

"하하, 아닙니다. 모든 게 그분과 인연이 닿은 탓이고 덕택인 걸요."

"알면 됐어요."

'이년이!'

겸손 스킬을 발휘하던 진월은 설마하는 눈빛이 됐다. 지금의 태도는 이전에 여러 NPC들한테 익숙하게 겪었던 모습!

그러나 다행스럽게도 왕녀는 다른 NPC들과 달랐다.

"히히, 농담이에요. 아무리 그분의 덕이 있었다 할지라도 자신의 것으로 만든 것은 진월님의 노력입니다. 더불어 그분의 선택을 받았단 사실 그 자체만으로도 대단한 분이란 사실을 알 수 있어요.”

“감사합니다.”

말속에서 카인을 향한 그녀의 존경심을 느낄 수 있었다.

“이제 어디로 가실 건가요?”

‘아무것도 없는 건가.’

왕녀의 물음에 진월은 큰 아쉬움을 느꼈다.

왕녀를 만났음에도 불구하고 알림은커녕 아무런 혜택도 주어지지 않았는데, 대화는 마무리되어 가고 있었다.

‘아니다. 서베님이 알리러 갔으니 분명 무언가는 하사될 거다.’

한 나라의 기둥을 구해줬는데, 아카리의 왕이 그냥 지나칠 리 없었다. 진월은 희망을 놓지 않으며 대답했다.

“이곳저곳 세상을 돌아다닐 계획입니다.”

“그러시군요.”

왕녀의 목소리에 안타까움이 묻어 나왔다. 그러다 곧 그녀가 한 가지 제안을 내밀었다.

“저의 그림자가 되어주시겠어요?”

“…….”

진월은 잠시 자신의 귀를 의심했다.

왕녀의 그림자! 카인이 머물렀던 자리로, 수많은 이들이 탐내는 것이었다.

그녀의 그림자가 된다면 아카리의 실세가 되는 것과 다름없으며, 모든 무인의 존경을 받을 수도 있었다.

하지만 그것은 NPC들에 관한 얘기였다.

만약 지금이 게임이 아닌 진정 판타지 세계였다면 진월은 거절하지 않을 것이다. 그러나 이곳은 차원의 틈새였다.

왕녀의 그림자가 된다면 언제나 그녀의 곁에 머물러야 한다.

수입 면이나 그런 점은 부족하지 않겠지만 유저가 퀘스트나 레벨 업을 포기해야 된다는 뜻이다.

즉, 유저에게는 사실상 불가능한 작위나 다름없었다.

"과분한 영광입니다만… 죄송합니다."

결국 진월은 아쉬움을 뒤로한 채 거절했다.

"그렇군요."

왕녀는 카인의 유지를 이어받은 그를 곁에 두고 싶었지만 욕심을 버렸다.

아무리 원한다 할지라도 자유를 원하는 이를 구속할 수는 없는 법이기에.

벌컥.

바로 그때였다. 문이 세차게 열리더니 서베와 함께 누군가가 모습을 드러냈다.

백발에 주름이 진 얼굴. 그러나 위풍당당한 체격에 위엄이 넘치는 그는 바로 아카리의 현 왕이었다.

"진월이라 하였는가?"

“그러하옵니다, 전하.”

왕녀와 현 왕의 재회 후, 왕실 안으로 이동한 진월이 한쪽 무릎을 꿇고 고개를 숙이며 대답했다.

그 앞에는 왕과 왕녀가 화려한 금빛 의자에 앉아 있었으며, 양옆에는 서베를 비롯한 귀족들이 자리했다.

진월의 곁에는 기사들과 병사들이 묵묵히 서 있었다.

“그대의 활약은 익히 들었다네. 대단하더군.”

“아닙니다, 전하.”

“너무 겸소하구먼. 10대 악마인 케신을 해치우지 않았던가.”

“동료들과 함께였습니다.”

“그렇다 해도 자네의 공이 퇴색되진 않지. 더군다나 그의 유지를 이어받았고 우리 딸아이를 구해주었네. 어찌 보답해야 할지.”

고개를 숙이고 있는 진월의 두 눈이 반짝이며 속으로 쾌재를 불렀다. 하나 겉으로는 드러내지 않으며 침착하게 사양했다.

“아니옵니다. 당연히 해야 할 일을 했을 뿐입니다.”

“정 그렇다면 뭐…….”

“…….”

현 왕의 장난에 진월의 몸이 움찔 떨렸다.

그 사실을 알아차린 현 왕이 인자하게 웃음을 터뜨리며 곁에 앉아 있는 왕녀를 애정 어린 눈길로 바라봤다.

이렇게 서로를 마주 보는 일. 제아무리 모든 권력을 가진 자리에 있어도 20년이나 이뤄지지 않는 순간이었다.

하니 그 순간을 선사해 주고, 원수나 다름없는 케신까지 처단해 준 진월한테 어찌 보답을 안 할 수 있겠는가.

"원하는 것이 있는가? 얘기를 들어보니 그림자의 자리도 거절했다고 하던데……."

"왕녀님의 그림자를?"

"허헐. 왕녀님의 뜻을 거스르다니. 건방진."

"영웅이니 어쩌면 한 나라의 신하로 만족하지 못할지도 모르지."

현 왕의 발언에 주위에서 웅성거렸다.

그림자란 명예를 거절한 사실에 놀라는 이들도 있었고, 왕녀의 명을 따르지 않아서 역정을 내는 이들도 있었다.

"조용."

그런 가신들을 현 왕이 한마디로 침묵시키며 진월을 내려다보며 재차 말문을 열었다.

"거절한 이유를 물어봐도 되겠는가?"

"자유롭고 싶습니다."

"자유롭고 싶다?"

"예. 아카리를 사랑하고 카인님의 뜻을 따라 제 도움이 필요할 때면 언제든지 도움을 드리고 싶습니다. 하나, 그림자에 머무르게 되면 저는 제가 바라는 삶을 살아갈 수 없습니다. 그렇기에 거절한 것입니다."

진월은 아카리를 향한 애정을 드러냈다.

진정 아카리를 그리 아껴서가 아니었다. 현 왕과 왕녀, 왕궁에 관련된 퀘스트를 언제든지 얻을 수 있도록 발판을 만드는 것이다.

"하면 이건 어떤가?"

진월의 뜻을 듣고 잠시 고민하던 현 왕이 제안했다.

"자네에게 공작의 작위를 내리겠네. 자유로이 뜻하는 바를 이룰 수 있는 권한을 주지. 단, 자네의 도움이 필요할 때는 아카리를 우선적으로 보필해야 하네."

"전하!"

"공작이라니요?!"

파격적인 제안에 진월은 아무런 말도 하지 않은 채 고개를 번쩍 들었고, 귀족들은 재차 당황했다.

공작이었다. 현 왕을 가장 측근에서 보필하는 귀족의 최상층!

"불만들이 있는가?"

현 왕의 목소리가 날카로워졌다.

왕녀가 잠든 사이 그들이 세력을 키워가며 노쇠해져 가는 자신의 뒷자리를 노리고 있단 사실을 잘 알고 있었다.

"그를 앗아간 아카리의 원수인 10대 악마 케신을 해치우고, 대륙의 누구도 해내지 못했던 깊은 잠에 빠진 왕녀를 깨워줬네. 그런 아카리와 대륙의 영웅에게 공작의 자리가 과분하다는 뜻인가?"

귀족들이 침묵을 지켰다.

속으로는 진월을 경계하면서 불만도 가득했지만 왕녀마저 깨어나고 새로운 실세가 탄생될지 모르는 지금 함부로 나설 수는 없었다.

"어떤가? 나의 청을 들어주겠는가?"

"전하……."

진월은 상기된 얼굴로 그를 바라봤다.

공작의 작위. 유저로서는 꿈과 같은 일이었다.

영토가 생기며 성도 가질 수 있다. 매달 월급 형식의 수입도 들어온다. 그러면서 나라에 일이 생겼을 때만 도와주면 되니 진월로서는 거절할 이유가 없었다.

'상부상조.'

현 왕 역시 진월이라는 영웅을 아카리에 소속시켜 나라의 위상을 높이고 힘을 갖게 되는 것이니 득이 되는 일이었다.

"황공하옵니다, 전하!"

"잘 부탁하네, 진월 공."

또다시 최초의 문을 연 진월이었다.

Chapter 7

현 왕의 부탁

Shadow
Fox

한 유저가 아카리 왕녀의 깊은 잠을 깨웠다. 더군다나 공작의 작위까지 받았다. 그 유저가 바로 진월이다!

그 사실 하나만으로도 차원의 틈새 유저들이 놀라하기에는 충분했다.

마계에 입성하고 영웅이 된 후, 곧바로 또다시 최초의 길을 걷게 됐으니까.

수많은 유저들은 그런 진월을 부러워하면서도 시샘했고, 그의 이름값은 이젠 절정에 이르렀다.

인기투표는 물론 유명도 투표 등 모든 곳에서 부동의 선두를 달리며 차원 판타지의 그 누구도 넘볼 수 없는 연예인이나 다름없었다.

그 시각, 진월은 난감한 표정으로 자신의 옷을 바라봤다.

검은색 바탕에 금빛의 수가 놓인 옷은 하반신이 꽉 달라붙어서 남자인 자신이 민망할 지경이었다.

그나마 중요 부위가 가려지는 상의가 있어서 다행이지, 이마저 없었더라면 진월은 절대 입지 않았을 것이다.

'귀족들의 파티라…….'

옷을 다 갈아입은 진월은 짧게 한숨을 내쉬었다. 왠지 피곤할 듯했다. 분명 여러 NPC들이 자신에게 잘 보이기 위해 접근할 터이다.

만약 그들에게 퀘스트라도 받을 수 있다면 얼마든지 감수할 수 있지만, 왕궁에 저녁까지 있어본 결과 그럴 확률은 적었다.

왕녀와 현 왕은 물론 왕궁에서 기거하는 귀족들과 대화를 나눠봐도 얻어지는 게 없었기에.

퀘스트의 연장선으로 찾게 된 왕궁이기에 아무것도 주어지지 않는 듯했다.

'그 역시 퀘스트는 아녔어.'

진월은 현 왕의 부탁을 떠올렸다.

공작의 작위를 받고 취임식을 거친 후, 그가 자신의 거처에 서베와 따로 불러 얘기를 했었다, 부탁이 하나 있다고.

퀘스트라 믿었던 진월은 당연히 반기며 수락했다. 한데 아무런 퀘스트 알림이 뜨지 않았다.

말 그대로 퀘스트와는 관련없는 부탁인 것이다.

'불안하군.'

현 왕의 부탁은 뭐든 상관없었다. 다만 문제는 서베가 동행이라는 사실. 그 자체 하나만으로도 A급의 퀘스트와 맞먹는 두려움!

'일단 기다릴 테니 나가보자.'

밖에서 노크 소리가 들리자 진월은 자리에서 일어섰다.

"오오, 저분이!"

"아카리의 영웅! 대륙의 영웅!"

"아카리의 새로운 공작!"

"멋있으시다. 반할 것 같아."

"우리 사위로 삼고 싶군. 작업 한번 들어가 봐?"

넓고 거대한 연회장의 문을 열고 진월이 들어서자, 미리 자리하고 있던 많은 귀족들의 시선이 집중됐다.

그들은 신기한 구경이라도 하는 듯 진월의 곳곳을 살폈고, 또한 탐냈다.

대륙의 영웅이자 대귀족인 공작의 작위를 받았으며, 젊고 훤칠한 미남이다. 그 누구라도 부군으로, 사위로 원할 수밖에 없었다.

"진월 공, 이리로 오게."

상석에 위치한 현 왕의 손짓에 진월은 고개를 한 번 숙인 후 걸어갔다. 주위에서 바라보는 귀족들의 눈빛이 뜨거웠지만 무덤덤함을 유지했다.

어차피 자신은 유저였고, 이 시간이 지나면 퀘스트가 아님 만나지 않을 사람들이었다.

"예, 전하."

"일어나게."

현 왕의 지척까지 다가간 진월이 한쪽 무릎을 꿇자 현 왕은 그를 일으켜 세우며 모두의 앞에서 재차 소개했다.

그러자 귀족들의 환영이 이어졌으며, 연회가 시작됐다.

"후아! 힘들어 죽겠네."

잠시 양해를 구한 뒤 밖으로 빠져나온 진월은 차가운 공기를 깊게 들이마시며 한숨을 내쉬었다.

돌아가며 모두와 인사를 나누는 것도 스트레스였는데, 이상한 춤까지 자꾸 권유해서 도저히 있을 수 없었다.

한가득 차려진 맛있는 요리들을 맛볼 시간도 주지 않고! 가재 튀김 먹고 싶었는데!

"밖에도 시끌벅적하겠지."

현재 연회는 왕궁에서만 펼쳐지는 것이 아니었다.

현 왕이 인심을 베풀어 아카리 곳곳에서 축제가 열리고 있었다. 덕분에 유저들 역시 무료로 즐기고 있었고.

슈욱! 타타탁!

"여기서 시간을 보내다가 내일 아침에 출발해야겠군."

왕궁의 지붕 위로 올라간 진월이 비스듬하게 자리에 누웠다.

밤새도록 귀족들한테 시달리고 싶지는 않았고, 현 왕의 부탁은 서베와 아침에 가기로 한 상태였다.

스파앗.

그때였다. 등 뒤에서 인기척과 함께 누군가 나타났다. 그는 바로 서베였다.

"여기에서 무엇 하고 있으셨소?"

서베의 달라진 말투와 구겨진 표정에 진월은 저도 모르게 미소를 지었다.

앞으로는 서베뿐 아니라 퀘스트 NPC들을 만나도 이런 대접을 받게 될 터였다. 더 이상은 구박대기 진월이 아니다!

"가슴이 답답해서 바람을 좀 쐬고 싶어서요."

"알겠으니 어서 가자."

"가자? 말이 짧으시네요? 왕녀님한테 가는 것이죠? 바로 아뢰면 되겠군요."

"으윽! 어서 가시지요!"

진월이 능글맞게 굴자 서베는 울화가 치밀었지만 공작의 작위 앞에서는 예의를 갖춰야 했다. 그렇지 않으면 이를 테고, 진월은 현 왕과 왕녀가 극히 아끼는 인물이었다.

"알겠습니다. 가도록 하지요."

"그러시지요!"

진월이 뒷짐을 지며 차리에서 일어서자, 서베는 이를 빠드득 갈며 그의 어깨에 손을 얹었고, 곧 둘은 빛무리와 함께 사라졌다.

　"이곳에서 그와 처음 만났어요."
　왕녀의 말에 진월은 주위를 둘러봤다.
　달빛이 은은하게 밝혀주고 있었으며, 싱그러운 향이 가득한 곳이었다. 영상에서도 본 적이 있는 왕녀와 카인이 처음 만난 숲이었다.
　"가끔 그와 이곳을 찾아오고는 했죠."
　왕녀는 힘없이 발걸음을 떼며 말했다.
　연회장에서도 지금도 그녀는 괜찮아 보였지만, 퉁퉁 부운 눈을 마법으로 가렸을 테다.
　"이제는… 혼자서 찾아야겠군요."
　왕녀는 목소리에 씁쓸함을 담은 채 고개를 들었다.
　수많은 별이 자신을 바라보고 있었는데, 그중에 왠지 카인도 있는 것 같은 느낌이 들었다.
　또르륵.
　결국 왕녀는 피어오르는 슬픔을 참지 못한 채 눈물이 맺혔고, 볼을 적셨다.
　진월은 그 모습을 바라보다 말없이 등을 돌렸다. 그녀에게 슬퍼할 시간을 주기 위함이었고, 서베 역시 마찬가지였다.
　"헤에. 이제 됐어요, 진월 공."

진월의 배려를 알아차린 왕녀가 마음을 진정시킨 뒤 애써 밝게 불렀다.

"예, 왕녀님."

진월이 살짝 고개를 숙이며 대답했다. 그러자 왕녀는 다정한 눈길로 다가가더니 손을 마주 잡았다.

"카인님은 저를 위해 두 가지 안배를 남겨놓으셨네요."

"두 가지요?"

"예. 하나는 금아의 심장이고, 다른 하나는 바로 진월 공이세요."

"하, 하하."

왕녀의 진심 어린 말에 진월은 쑥스러움을 느끼며 얼굴을 붉혔다.

"앞으로 잘 부탁드려요, 진월 공."

"저야말로 잘 부탁드립니다."

진월은 내심 미안함을 느끼며 마음을 굳혔다.

성을 비롯해 이득은 이득대로 봤으면서도 자신은 유저로서의 삶에 충실할 것이다.

하지만 아카리와 왕녀가 자신의 도움이 필요하다면 어떤 상황에서든 이득을 떠나 진정 힘이 되어줄 테다. 카인을 위해서라도.

따스한 바람이 주위를 감쌌다.

“어디로 가는 것이죠?”

“도착하면 알게 된다오.”

다음날 아침, 현 왕과 왕녀와 함께 식사를 마친 진월은 서베를 따라 왕궁의 지하로 향했다.

“도착했소.”

오는 내내 경비가 삼엄한 10여 개의 거대한 철창을 지났을 때다.

더 이상 내려갈 곳이 없다고 판단되는 컴컴한 곳에서 서베가 말하자 진월은 주위를 힐끔거리며 경계심을 높였다.

혹시 어제 일로 인해 욱한 서베가 구타할 적당한 장소로 데리고 온 것이 아닐까!

만약 지금 서베가 그러기로 마음먹었다면 자신은 두들겨 맞는 수밖에 없었다.

케신을 쓰러뜨릴 수 있었던 것은 카인의 안배 덕분이었지 스스로의 힘이 아니었다. 아직은 서베를 이길 수 없었다.

하나 다행스럽게도 서베는 현 왕의 명에 충실했다.

사아아.

그가 마법을 시전하자 아무것도 존재하지 않던 지하 밑바닥에서 푸르고 둥근 마법진이 형성되더니 빛의 기둥이 솟구쳤다.

지이잉! 철컥!

그리고 놀랍게도 이때까지는 보이지 않던 지하로 향하는 또 다른 입구가 나타났다. 지하 속에 감춰진 결계. 도대체 이

속에 무엇이 기다리고 있는 것일까.

"현 왕이 부탁한 그 물건이 이 아래에 있습니까?"

"그렇소. 스스로의 능력으로 얻어야 하오. 나는 길 안내만 할 뿐 돕지 않소."

"알겠습니다."

서베가 확실히 선을 긋자 진월은 불만없이 받아들였다. 어차피 애초에 그의 도움은 기대하지 않았다.

아니, 돕는다면 오히려 적을 도울 위인이었다.

"따라오시오."

서베는 그 말을 남긴 채 지하 속 결계의 계단으로 내려갔고, 진월은 조심스레 뒤를 따랐다.

쉬익! 크르릉!

진월은 어둠 속에서 두 마리의 문지기와 마주했다.

몬스터들이라기보다는 정령에 가까운 불꽃의 도마뱀과 세 개의 머리를 가진 개.

'쉽지 않겠군.'

두 마리 문지기에게서 느껴지는 강력한 기운에 진월은 카리스를 소환했다. 그러자 서베는 몇 걸음 물러서며 방관자의 태도를 취했다.

"14선!"

쉐에엑!

열네 개의 태풍과 같은 힘을 갖춘 선이 도마뱀과 개를 노리고 파고들었다.

화르륵! 크아앙!

'이런.'

상대의 실력을 먼저 체크할 겸 선을 시전하고 주시하던 진월의 미간이 살짝 찌푸려졌다.

도마뱀은 전신에서 불꽃을 일으켜서, 개는 소리를 내지르더니 검은 원형의 막이 생기며 각기 6선씩 막아냈다.

타타탁!

그와 동시에 개가 검은 기운을 흩날리며 재빨리 달려들었다.

휘우웅! 콰아앙!

개의 앞발과 카리스가 부딪쳤는데, 폭발음이 들리며 진월의 육체가 뒤로 휘청거렸다. 작은 체구에 비해 믿기지 않는 파괴력이었다.

트트특!

'으응?'

개의 이빨을 피하며 목을 기습하려던 진월은 오싹함을 느꼈다. 발밑에 삼각형의 붉은 선이 새겨지더니 지면이 꿈틀거렸다.

푸슈슈슛!

'치잇!'

결국 진월은 본능을 따르며 개에게 치명상을 입힐 수 있는 기회를 뒤로한 채 옆으로 몸을 날렸다.

그러자 진월이 서 있던 곳에서 불꽃의 기둥이 솟구치며 휘몰아쳤고, 뒤를 이어 불꽃으로 형상화된 수십 마리의 새끼 도마뱀이 덮쳤다.

"폭! 선!"

쿠우웅!

선의 딜레이와 함께 마땅히 방어 스킬이 없는 진월은 폭을 지면에 내리꽂았다. 물의 파편으로는 저 많은 불꽃의 도마뱀들을 막을 수 없다고 판단한 것이다.

그로 인해 지면에서 폭발이 일어나며 일정 불꽃의 도마뱀들을 소멸시켰다. 진월은 연이어 물의 파편으로 마무리를 했다.

"관통!"

진월이 새로운 스킬 관통을 시전했다.

슈슈슉!

그의 육체가 도마뱀의 몸을 그대로 통과하더니 바로 등 뒤에 나타났다. 관통은 몬스터나 유저뿐 아니라 지형까지도 통과할 수 있었다.

그렇기에 잘 쓰면 위기도 넘길 수 있지만, 운이 나쁠 경우 벽 안에 갇힐 수 있다는 단점도 존재했다.

훼에엥!

돌풍이 형성됐습니다. 스턴 1초!

'좋아!'

추가 효과가 발생하며 굉음이 불자 진월은 만족해하며 도마뱀에게 스킬 연계를 시전했다. 곧 도마뱀의 신형이 흐릿해졌다.

"이 안이오."

도마뱀과 개에 이어 몇 번 더 문지기들을 거친 진월의 앞에 검은색으로 이뤄진 두꺼운 문이 하나 나타나자 서베가 재차 뒤로 물러서며 말했다.

"이 안에 그것이 있다는 말입니까?"

현 왕의 부탁을 떠올리며 묻자 서베가 고개를 끄덕였다.

"알겠습니다. 기다리세요."

문지기를 처치해야만 서베가 움직이기에 진월은 짧은 숨을 내쉬며 세차게 문을 열었다.

두께가 얼마나 두꺼운지 있는 힘껏 밀어도 단숨에 열리지 않고, 끼이익 하는 낡은 소리와 함께 천천히 열려졌다.

번쩍!

동시에 어둠 속에서 빛나는 두 눈을 발견한 진월이 여우곡을 시전하며 거리를 벌렸다.

쿠웅! 쿠웅!

묵중한 소리가 귀를 파고들자, 진월은 침을 꿀꺽 삼키며 마지막 문지기를 확인했다.

검은 갑옷과 투구를 걸친 채 두 눈만 붉게 빛나고 있는 문지기는 거대한 도끼를 들고 있었으며, 체격도 대단히 컸다.

더불어 전신에 붉고 검은 기운이 휘몰아치고 있었는데, 이때까지 만난 문지기들과는 질이 달랐다.

'어쩌면……'

진월의 얼굴이 굳어졌다.

마주하는 것만으로도 한 가지 스킬을 꼭 시전해야 할 듯한데, 진심으로 쓰고 싶지 않았다.

'왜 그런 스킬이냐고!'

서베의 탑에 가기 전 진월은 스킬들을 확인했었다.

패시브 스킬 유지에 속한 영웅의 손길은 파티 시 자신을 비롯해 파티원들 모두에게 방어력과 체질 상승이라는 효과가 있었다.

여우검은 최강의 데미지를 입증했고 말이다.

한데 문제는 바로 진화였다. 진화는 추측처럼 변신 스킬이었는데…….

'가능한 한 쓰지 않도록 해야지.'

진월은 그날의 아픔을 상기시키며 굳게 결심했다.

쿠오오!

그때 드디어 문지기가 도끼를 높이 치켜들며 선공을 했다.

후오웅!

도끼를 휘두르자 바람을 가르는 소리와 함께 검붉은 기운이 반월을 그리며 쇄도했다.

"반월!"

쉐에엑! 콰아앙!

진월 역시 반월을 시전해 기운을 봉쇄시켰다. 그리고는 회피와 돌격을 동시에 발휘하며 문지기의 등을 잡았다.

"일격!"

퍼어엉!

움직임이 느린 문지기는 완전히 돌아서지도 못한 채 옆구리에 기습을 당하고 휘청거렸다.

"14선! 폭!"

열네 개의 선과 무시무시한 위력을 갖춘 폭이 문지기의 가슴을 직격했다.

한데 갑옷이 두껍고 특수한 능력이 있는지 문지기는 큰 충격을 받지 않고 곧 일어섰다.

크아악!

"크흑!"

문지기가 괴성을 지르자 진월은 인상을 일그러뜨렸다.

고막에 강렬한 충격과 함께 구토가 치밀어 오르는 정신적인 충격이 발생한 탓이다.

쿠우웅!

그 뒤를 이어 제자리에서 발을 힘차게 내려치자 진월의 육체가 허공에 살짝 뜨며 중심을 잃었고, 그 순간 문지기의 육체가 순식간에 거리를 좁혔다.

퍼어억!

"커허억!"

문지기의 어깨에 배를 가격당한 진월의 입에서 비명이 터져 나왔다. 뼈가 부러지는 느낌과 함께 통증이 밀려왔다.

퍼억! 퍼억! 쿠웅!

"이런, 젠장!"

그렇게 진월을 쓰러뜨린 문지기는 몸 위에 올라가서 주먹으로 사정없이 내려쳤다. 마지막으로 얼굴을 노리고 도끼를 휘둘렀으나 생명의 위험을 느낀 진월이 다급히 피했다.

"관통!"

스스슥!

이대로는 안 되겠다고 판단한 진월이 관통을 시전했다. 그의 육체가 문지기를 통과하며 위로 솟구쳤다.

"섬광!"

콰지지직!

섬광이 잔상을 남기며 문지기의 어깨를 가격했다. 뒷목을 노린 것이었으나 실패한 것이다. 하나 진월은 실망하지 않으며 스킬을 연계했다.

"여우검!"

카리스에서 맹렬한 기운이 솟구치더니 돌아선 문지기의 가슴을 파고들었다.

아오오오!

여우의 울음소리가 터져 나오더니 기운들이 입을 쩍 벌린 여우의 형상을 갖추며 문지기를 집어삼켰다.

콰콰콰쾅!

어마어마한 폭발음이 형성되며 지하 내부가 우르르 흔들렸다.

하지만 진월은 방심하지 않고 아직 채 정신을 차리지 못하는 문지기에게 일격을 비롯한 쿨타임이 돌아온 스킬들을 재차 시전했다.

'제발, 제발……'

마나가 1만 남았을 때 진월이 간절한 마음을 담아 호흡을 가다듬었다. 만약 문지기가 또 일어선다면 선택의 여지가 없었다.

그러나 언제나 그렇듯 하늘은 진월을 가끔 아꼈다. 즉, 대다수는 방치한다는 뜻!

스으윽.

'하아……'

진월의 얼굴에 체념이 스치고 지나갔다.

추가 효과까지 발생한 여우검을 가슴에 정통으로 맞은 것도 모자라 여러 스킬에도 적중, 당해놓곤 다시 일어선 것이다.

'역시 그의 도움이었던 건가.'

진월과 문지기의 전투를 주시하던 서베는 아쉬움을 느꼈다.

물론 지금의 진월도 대단한 실력이었으며 왕궁에서도 손 꼽힐 정도이다. 그러나 10대 악마인 케신을 쓰러뜨린 영웅이란 이름에 비하면 부족했다.

트트특!

문지기에게 목을 잡힌 진월의 육체가 벽을 뚫고 밀려 나갔다.

'이대로 질 수 없다!'

숨이 막혀오며 정신이 혼미해지자 진월은 피가 날 정도로 입술을 깨물며 문지기의 급소를 노렸다.

채애앵!

하나 중심 부위마저 갑옷에 둘러싸인 문지기는 전력으로 걷어찼음에도 아무런 통증을 느끼지 못하는 듯했다.

콰아앙! 파지직!

"허업!"

바닥에 내려쳐진 진월은 뒤이어 자신의 가슴을 노리는 도끼를 카리스로 막았지만 온몸의 근육이 터져 나갈 듯한 압박을 느꼈다.

원래 근력이 대단한 문지기인데 위에서 도끼와 자신의 무게를 실어 내려친 것이기에 더욱 충격이 컸다.

"침입자에게는 죽음!"

위이잉!

문지기의 쇠를 긁는 듯한 음성이 흘러나오더니 도끼가 붉

게 물들었다. 그 기세가 만만치 않자 진월은 다급히 문지기를
향해 관통을 시전했다.

콰지직! 퍼퍼퍼펑!

진월이 쓰러져 있던 자리가 초토화됐다.

'위험했다.'

그 파괴력을 지켜본 진월의 이마에 식은땀이 맺혔다. 만약
관통이 없었더라면 자신은 죽었을지도 모른다.

하지만 아직 위험은 끝나지 않았다.

문지기가 곧바로 몸을 뒤틀며 진월을 추격했고, 진월은 계
속해서 거리를 벌리며 달아났다.

이 상황을 타개할 방법은 진화 단 하나뿐인데, 관통을 쓰게
되자 마나가 부족했다.

진화를 포기하고 다른 스킬들을 사용하면 이길 수 없을 듯
하고 말이다.

'조금만 더, 조금만!'

마나창을 수시로 확인하며 진월은 아슬아슬하게 문지기의
공격을 피했다.

그러다 문지기의 스킬에 걸려 몸이 공중에 떴다가 일격을
당하며 벽에 부딪쳤을 때다.

"됐다! 진화!"

스킬 10,000이 회복되자 진월은 드디어 진화를 시전했다.

스파아앗!

진월의 전신에서 폭풍 같은 기운이 휘몰아쳤다.

그뿐 아니라 두 눈은 붉게 물들었으며, 손톱과 이빨이 날카로워졌고, 볼에서는 털이 삐죽 솟았다.

근육은 더욱 단단해지고 세밀해졌으며, 두 귀가 뾰족하게 튀어나왔다.

푸우웃!

"커억!"

그리고 마지막으로 꼬리가 솟구쳤는데, 무시무시한 기세를 풍기던 진월이 신음을 토해내며 비틀거리다 온몸을 부들부들 떨었다.

그토록 진화를 꺼려했던 이유다. 꼬리가 차라리 다른 살을 뚫고 나온다면 모른다. 한데 항문에서 솟구친다는 것!!

그 찰나의 고통이 어느 정도인지 정말 겪어보지 않고는 표현이 안 된다.

"1분이다."

정보창을 확인한 진월이 나지막하게 말했다.

진화를 시전할 경우 근력과 체질, 민첩이 대폭 상승하며, 특수 스킬을 사용할 수 있었다. 단 시간 제한이 1분이라는 단점도 있었다.

"그 안에 끝내자."

아직도 밀려오는 쓰라림에 항문을 움찔거리던 진월의 신형이 순식간에 사라졌다.

콰지직!

문지기의 오른편 옆구리 쪽의 갑옷에 금이 갔다.

수비할 틈도 없이 빛과 같은 속도로 카리스가 3연속 가격한 탓이었고, 문지기는 재차 파고드는 진월로 인해 도끼로 자신의 육체를 가렸다.

콰아앙!

카리스와 도끼가 부딪쳤다. 한데 놀랍게도 문지기의 육체가 뒤로 밀려났다. 진화한 진월의 근력을 감당하지 못하는 것이다.

"붉은 꼬리!"

파파파팟!

진월의 외침과 함께 꼬리가 아홉 개로 갈라지더니 사방에서 문지기를 노렸다.

"여우 손톱!"

진월이 카리스를 위에서 아래로 세차게 그었다. 그러자 유형의 여우 손톱이 형성되더니 문지기를 재차 덮쳤다.

"히이이!"

문지기의 입에서 신음이 터져 나왔다.

꼬리와 손톱의 연타에 크나큰 데미지를 입었으며, 갑옷 역시 곳곳에서 균열이 일어났다.

하나 이대로 패할 수 없다는 듯 마지막 힘을 도끼에 끌어모아 진월을 노렸다.

퍼저적!

진월의 오른쪽 어깨가 절반 이상 갈라졌다.

시간이 없어서 수비를 포기한 채 공격을 늦추지 않은 탓이다. 그나마 최소한의 움직임으로 몸을 비틀어서 이 정도지 자칫 잘못했으면 목이 잘릴 뻔했다.

"마지막이다!"

어느덧 남은 시간은 10초.

크나큰 부상을 입었지만 문지기의 지척까지 파고든 진월의 손으로 맹렬한 기운이 소용돌이쳤고, 그의 얼굴을 강타했다.

지잉! 지잉!

지하에 마법 등이 밝게 켜졌다.

"들어가 보시게."

진월의 주먹이 닿는 순간, 마법을 시전해 문지기를 가까스로 구해낸 서베가 치료 마법을 시전하며 얘기했다.

문지기는 마법사들이 비밀의 창고를 위해 심혈을 기울여 창조한 존재이기에 잃으면 큰 손실이었다.

"알겠습니다."

서베의 도움으로 큰 부상들을 회복한 진월이 신형을 돌려 두꺼운 문 안으로 들어섰다. 그리고 저도 모르게 입을 쩍 벌렸다.

"서베님, 이곳은……?"

"이곳은 왕실의 무구 창고요. 원하시는 것은 무엇이든지 세 개를 선택하라고 전하셨소."

"하, 하하!"

진월은 기쁨을 주체하지 못하고 주위를 둘러봤다.

각종 무기와 방어구들이 가득한 왕실의 비밀 창고. 대부분 겉으로만 보기에도 고가의 무구들이었다.

"정말 그 무엇이든지 세 개를 가져도 되는 것입니까?"

"그렇소."

서베에게 재차 확인을 받은 진월은 모든 무구의 정보를 하나씩 살펴봤다.

자신이 사용할 것이라면 선택의 폭이 좁아지지만 유저들에게 팔 수도 있을 테니 종류를 가리지 않았다.

그리고 30여 분의 시간이 흐른 뒤, 세 개의 무구를 결정했다.

하나는 인간족 영웅이었던 베르세가 착용한 갑옷이었으며 자신이 착용할 것이다.

드랍으로만 얻을 수 있다고 알려진 진화용 갑옷으로, 모든 면에서 지금의 장비보다 월등한 성능이었고, 앞으로를 위해 착용하는 게 유리했다.

두 번째는 마법사 리샤의 지팡이였다.

이 역시 진화형 지팡이로, 기본 성능뿐 아니라 옵션도 뛰어났다. 판다면 대단히 고가에 거래되겠지만 아인을 위해 선택했다.

마지막으로 결정한 것이 정령의 하프였다.

진화형 하프로 정령왕까지 소환할 수 있는 놀라운 혜택이 존재했다. 팔고 싶은 욕망이 가득했으나 언제나 자신을 위해

헌신하는 스나에게 줄 생각이었다.

"다 골랐습니다."

"호오, 귀한 놈들만 택했구려."

진월이 고른 세 가지를 확인한 서베가 은연중에 부러움을 담아 바라봤다.

자신 역시 부탁을 한다면 하나 정도는 얻을 수 있겠지만 차마 그러지 못하고 있었는데 세 개나 가지다니.

"얼른 돌아가도록 하죠."

서베의 먹이를 노리는 듯한 눈빛을 확인한 진월이 다급히 세 개의 장비를 인벤토리에 넣으며 재촉하자, 서베는 아쉬움을 뒤로한 채 텔레포트 마법을 시전했다.

어떻게 삥 뜯을지 고민하면서!

시간은 빠르게 흘러갔다.

그사이 진원은 유명세에 톡톡히 시달리며 각종 방송과 인터뷰로 정신없이 보내기도 했고, 최대한 빠른 레벨 업을 위해서 포션도 아끼지 않으며 솔로 플레이에 전념했다.

그리고 어느덧 일주년 이벤트를 며칠 앞둔 12월 25일 크리스마스가 찾아왔다.

"오늘이구나."

침대에 잠시 누워 휴식을 취하다가 몸을 일으킨 진원이 창문가에 앉으며 지난 시간을 회상했다.

딱 1년 전 오늘, 혜주와 이별을 하고 훈남과 대화를 나누다 차원의 틈새를 하기로 결심했었다.

그 후, 1년이라는 시간 동안 참 많은 일이 있었다.

"이제 며칠 뒤."

1주년 이벤트를 떠올리자 진원의 가슴이 요동쳤다.

1년의 시간. 그 모든 것이 며칠 뒤에 있을 1주년 이벤트를 위함이었다.

이제 노력의 결과물을 획득하는 일만이 남은 것이다.

"나는 할 수 있다."

스스로에게 자신감을 불어넣으며 진원은 자리에서 일어나 옷을 갈아입었다.

원래는 오늘 혜주와 단둘이 보낼 계획이었으나 일정이 바뀌었다. 가온 길드의 정모로 말이다.

훈남과 은혜가 제안을 했고, 다수가 긍정적으로 받아들였기에 진월 역시 혜주와 의논을 한 후 동참하기로 결정했다.

애인과의 크리스마스도 좋지만, 좋은 인연들과 함께 맞이하는 것도 나쁘지 않을 듯했다.

"다들 실물도 궁금하네."

가온 길드가 성립된 이후 길드원들의 제안으로 길드 까페도 탄생했다.

흔히 웹마라 불리는 까페 운영자는 스나가 맡았으며, 많은 길드원들이 자신의 얼굴을 올렸다.

그중에는 소울도 있었는데, 진원이 상상한 이미지와는 다르게 체격이 큰 편이었고 남자다운 외모였다.

"기대되는군."

옷을 다 갈아입은 진원은 조금 후에 있을 시끌벅적한 시간에 미소 지으며 혜주에게 전화를 걸었다.

"응, 자기야!"

"준비 다 했어?"

혜주의 밝은 목소리가 들리자 진원은 마주 보고 있지 않음에도 불구하고 얼굴에 절로 자상함이 깃들었다.

"응. 이제 나가려고. 자기는?"

"아, 나도 출발하기 전에 전화한 거야."

모임 시간은 아직 여유가 있었지만 그전에 혜주와 만나 잠깐 데이트를 즐길 계획이었다.

"알았어. 5시 30분에 도착할 것 같아."

"응. 알겠어."

진원은 그 말과 함께 전화를 끊으며 방문을 열고 나섰다.

지금 출발하면 5시 10분 정도에 도착할 듯했지만, 먼저 가서 기다림을 즐기고 싶었다.

또한 어영부영하다가 혹시나 혜주를 기다리게 할 수 있을지도 모르고 말이다.

그런 진원의 손에는 크리스마스 선물인 커플 목도리가 포장되어 들려 있었다.

"우아, 진월님이다!"

"잘생기셨다."

"실물이 훨씬 나은데?"

"옆에 계신 분은 아인님?"

"미인이시다. 선남선녀 커플이구나."

혜주와의 데이트를 마치고 약속 장소인 고깃집의 홀 안으로 들어갔을 때, 이미 도착해 있던 가온의 길드원들이 진원과 혜주를 바라보며 환호했다.

"모두 반갑습니다. 차원의 틈새 진월이라고 합니다."

"오빠, 여기!"

진원과 아인이 문 앞에서 자신을 소개하고 길원들과 인사를 나누고 있을 때, 미진이 손을 흔들었다.

그녀의 곁에는 강할래와 훈남, 은혜, 대한과 달래, 백후와 메샤가 함께 앉아 있었다.

"저기로 가자."

이제는 진원 역시 혜주와 미진의 관계를 편히 받아들이기에 부담스러워하지 않고 그리로 향했다.

"많이들 오셨구나."

크리스마스 날이기에 사실 큰 기대는 하지 않았고, 친한 이들이나 주축 멤버들의 모임이 되지 않을까 추측했었다.

보통 이런 날은 연인, 혹은 가족이나 친구들과 함께 보내니 말이다.

　한데 예상을 뒤엎고 벌써 스무 명 가까이 모여 있었다. 미리 큰 방을 예약해 두길 잘했다는 생각이 들었다.

　드르륵!

　그때 문이 열리며 누군가가 나타나자 고기를 굽던 가온의 모두가 한곳으로 시선을 돌렸고, 술렁거렸다.

　진원과 함께 차원의 틈새 유명인사인 소울이 등장한 것이다.

　"우아! 소울님!"

　"사진과 똑같으시다! 정말 곰 같으셔!"

　"남자다운 매력이 가득하신데요?"

　"제가 조금 늦었네요. 모두 반갑습니다. 저는 소울인 김치우입니다."

　치우가 자기소개를 하자 진원이 자리에서 일어나 손을 흔들었다.

　"치우님!"

　"진원님!"

　모두와 가볍게 인사를 나눈 치우가 반가움을 감추지 않으며 진원에게 다가갔다.

　그토록 오랜 시간 절친하게 지낸 둘의 현실에서의 첫 만남이었다.

　"진원님, 정말 TV와 똑같으시네요. 다들 훈남, 훈녀… 헉!"

　진월을 비롯해 혜주와 미진 등 외모가 뛰어난 이들을 둘러보며 칭찬을 아끼지 않던 치우가 저도 모르게 숨을 들이마셨다.

짐승의 포스를 제대로 풍기고 있는 훈남과 두 눈을 마주쳤기에!

"하, 하하, 훈남님! 남자다우시네요!"

평소 치우 역시 험악하다는 소리를 자주 들었지만, 훈남에 비하면 자신은 축복받은 존재!

"자리에 앉으세요."

치우의 반응을 이해하는 진원이 웃으며 옆자리를 권했다.

자신 역시 훈남을 처음 만났을 때 저도 모르게 본능적으로 면상을 한 대 칠 뻔하지 않았던가!

"자, 일단 한 잔씩들 받거라."

그때 사나이의 안주발을 내세우며 배를 채우고 있던 강할래가 성인들에게 술을 권했고, 현모의 분위기는 무르익어 갔다.

"이제 시작되는군요."

치우가 들뜬 얼굴로 말했다.

피부가 하얀 편인 그는 술 몇 잔에 얼굴이 붉게 물들어 있었다. 취하지는 않았지만 체질상 그런 듯했다.

"예. 드디어 곧이군요."

진원이 그와 잔을 부딪치며 답했다.

이제 며칠의 시간이 더 지나면 차원의 틈새는 이벤트로 인해 시끌벅적하게 될 것이다.

아니, 벌써부터 수많은 이들이 각 부문에서 우승자를 추측하며 흥분에 가득 차 있었다. 방송에서도 차원의 틈새 이벤트에 관한 얘기가 홍수처럼 터져 나오고 있고 말이다.

"누가 우승을 하게 될지……."

"그날이 되어봐야 알겠죠."

"후후. 너희들 앞에 있지 않으냐, 세계 최강의 사나이가!"

"아저씨, 이거 드세요!"

진원과 치우의 대화에 강할래가 찬물을 끼얹으려 하자 미진이 다급히 고기로 입을 틀어막았다.

'몇 부분에서 왕좌를 차지할 수 있을까.'

진원이 잠시 침묵을 지키며 고민에 잠겼다.

현재로서는 모든 것이 미지수였다. 명성의 경우 1, 2위를 다투고 있었지만 두 달 전부터는 모든 게 비공개로 전환됐다.

1주년 이벤트의 긴장감을 위해서였고, 그로 인해 현재 명성 1위가 누구인지 진원 그 스스로도 알 수 없었다.

'가장 중요한 것은 PvP다.'

자신이 주력으로 삼은 부문이었으며, 상금도 가장 컸다. 차원 판타지는 물론 국가전과 차원전도 열린다.

만약 세 부문에서 모두 왕좌를 차지한다면 기대 이상의 성과일 것이다.

"결승전에서 뵐 수 있으면 좋겠습니다."

"저 역시 그리 바라고 있어요."

치우가 진원을 바라보며 솔직한 심정을 드러내자, 진원은 입가에 웃음을 머금으며 같은 뜻을 비쳤다.

그런 둘을 보며 감히 자신 없이 결승전을 치를 것이냐고 욱하며 깽판을 치려는 강할래의 입은 미진이 잽싸게 상추쌈으로 틀어막았다.

'이길 수 있을까.'

술 한 잔을 비우며 진원은 치우에게 시선을 던졌다.

그는 강했다. 자신이 올라선 만큼 그 역시 많은 발전을 이뤄냈다. 최근 그의 성장이 어느 정도인지는 자신 역시 예측이 어렵다.

치우가 이벤트를 대비해 솔로 플레이나 주로 퀘스트만 했기 때문이다.

'가능한 높은 곳에서.'

진원이 경계하는 강자들이 몇 있었다.

그들은 일대일로 붙었을 때 100% 이긴다는 확신이 없는 이들이었다. 옆에 있는 치우는 물론 울트도 그중 한 명이었다.

강할래 입장에선 자존심이 상할지 몰라도 속하지 않았다.

분명 그는 PvP의 상위권이고 뛰어난 실력자이지만 자신과의 격차는 존재했다.

드르륵!

"오, 누구시지?"

"이야, 예쁘시다!"

“으응?”

그때 문 여는 소리와 함께 길드원들의 시선이 집중되자 진원도 무심결에 고개를 돌렸다.

그곳에는 머리카락이 길고 블랙으로 전체적으로 코디를 한 귀여운 소녀가 서 있었다.

두리번두리번!

전체적으로 고개를 숙여 인사를 한 그녀는 누군가를 찾기 위해 빠르게 주위를 살폈다. 그러다 한 남자와 눈이 마주치자 다급히 그곳으로 향했다.

“…….”

진원은 당황스러운 얼굴로 소녀를 올려다봤다.

자신을 향해 성큼성큼 다가오더니 아무런 말도 없이 위에서 주시하고만 있다. 새하얀 피부는 술이라도 마신 것처럼 붉게 익은 채!

“누구시죠?”

곁에 앉아 있는 혜주가 의아해하며 물었다.

그녀의 얼굴은 까페에서 본 적이 없지만 이곳에 찾아왔다는 것은 가온의 길드원일 것이다. 한데 왜 진원에게 저런 태도를 취한단 말인가.

“설마…….”

그 순간 진원의 머릿속으로 누군가가 스쳐 지나갔다. 자신의 주위에 저런 타입은 단 한 명뿐이었다.

"혹시 다솜님?"

끄덕끄덕.

기다렸다는 듯 다솜이 세차게 고갯짓을 하더니 그때야 진원과 같은 테이블 빈자리에 앉으며 배가 고팠던 듯 고기를 먹기 시작했다.

일행은 차원의 틈새와 똑같은 그녀의 모습에 왠지 모르게 즐거운 웃음이 터져 나왔다.

그렇게 소중한 인연 속에서 밤이 저물어갔다.

"으랏차!"

털썩!

"야이, 자식아!"

"……."

미진이 망언을 작렬시키며 침대 위에서 몸부림치자 진원은 업고 오는 내내 당했던 일들을 떠올리며 쓴웃음을 흘렸다.

이 모든 게 강할래 때문이었다. 어른 앞에서는 괜찮다며 괜히 술버릇 더러운 애한테 술을 먹여가지고!

"잠들었어."

술주정을 잠깐 부리던 미진이 잠에 빠지자 조심스럽게 빠져나온 진원이 혜주한테 방으로 가자고 손짓했다.

"괜찮아?"

"응. 당연하지."

같은 침대에 앉아 혜주가 어깨를 주물러 주며 묻자 진원은 고개를 뒤로 젖혀 혜주의 두 눈을 바라봤다.

그녀는 세상에서 가장 사랑스러운 눈길로 자신을 내려다보고 있었다.

"취했어?"

"아니. 살짝 취기가 오르는 정도야."

진원이 취하면 자신이 챙겨야 하기에 일부러 술을 몇 잔 하지 않은 혜주가 혀를 살짝 내밀었다.

조금 붉어진 얼굴이 더 예쁘게 다가오는 진원이었다.

"자기야."

"으응?"

자세를 바꿔 진원의 품에 안겨 있던 혜주가 조심스럽게 그를 부르더니 자신의 속내를 얘기했다.

"설령 자기의 기대에 못 미치는 결과가 나오더라도 나는 괜찮아. 아무것도 얻지 못했다 해도 나는 괜찮아. 나를 향한 자기의 진심과 노력만으로도 나는 이미 그 이상의 보답을 받았다고 생각해. 그리고 자기라면 어떻게든 나를 책임져 주기 위해 새로운 길을 만들 남자이고……."

"혜주야."

혜주의 등에 닿아 있는 진원의 손에 힘이 들어갔다.

내심 염려하고 있던 부분이다. 명성은 물론 PvP에서 아무것도 이뤄내지 못한다면?

　자신이 1등을 할 수 있는 확률도 있지만 그러지 못한 경우의 수는 더욱 컸다.

　만약 그리된다면 자신은 다시 혜주를 떠나야 하는 것인가, 아니면 기다려 달라고 해야 되는 것인가 홀로 가슴앓이를 했었다.

　한데 혜주가 먼저 그 부분의 문제점을 거론하며 감싸줬다.

　"물론 나는 우리 자기가 꼭 해내리라 믿지만! 다만… 이번이 끝이라고는 생각하지 말아줘. 나는 자기를 믿고 언제까지나 기다릴 수 있으니. 길고 긴 터널을 지나 다시 잡은 우리의 손, 이제 놓지 않을 거야."

　"고마워. 꼭 기다림에 보답할게."

　진원은 혜주의 머리카락을 쓰다듬으며 더욱 세게 품에 끌어안았다.

　1년이라는 시간이 지났고, 이제 그녀를 더 이상 기다리게 하고 싶지 않았다.

　1주년 이벤트. 어쩌면 다시없을 그 기회. 절대 놓치지 않을 것이다, 혜주를 위해서라도.

　곧 둘은 오랜 시간 입술을 맞췄고, 혜주가 잠이 들자 이불을 덮어준 진원은 차원의 틈새에 접속했다.

　며칠 사이에 레벨 업이나 스킬 레벨 상승은 불가능하지만, 스텟 수치를 1이라도 더 상승시키기 위해.

　그리고 대망의 1월 1일이 찾아왔다.

Chapter 8

1주년 이벤트

Shadow
Fox

"정보."

<table>
<tr><td colspan="4">Status</td><td>생명:48,650</td><td>마나:39,140</td><td>체력:100</td></tr>
<tr><td>이름:진월</td><td>레벨:218</td><td>근력:1,871</td><td>체질:1,515</td><td>민첩:4,532</td></tr>
<tr><td>명성:5,120</td><td>성향:어둠</td><td>지식:1,206</td><td>재치:1,215</td><td>정신:1,380</td></tr>
<tr><td>직업:그림자 여우</td><td></td><td>행운:1,081</td><td>예술:1,115</td><td>상술:1,061</td></tr>
<tr><td>칭호:영웅</td><td></td><td>소드:1,451</td><td>오감:1,401</td><td>친화:1,251</td></tr>
<tr><td></td><td></td><td>여우:1,121</td><td>집중:1,142</td><td>극복:912</td></tr>
<tr><td colspan="5"></td><td colspan="2">스텟 포인트:0</td></tr>
<tr><td colspan="2">장비 효과:공격력+380~550</td><td colspan="3">방어력+180~230</td><td colspan="2">저항력+88~110</td></tr>
</table>

장비 효과:공격력+380~550   방어력+180~230   저항력+88~110
민첩 13%, 크리티컬 13%, 전체 스텟 13%, 체질 10%, 근력 10%, 지식 5%,
정신 5% 상승.

추가 효과:크리티컬 확률 5%, 명중률 5%, 공격 속도 20% , 근력 10% 상승,
데미지 저항 10%

직업 효과:어둠이 지배하는 시간, 공간 전체 스텟 10%, 크리티컬 5% 상승, 전
체 스텟 5%, 민첩 10% 상승. 스킬 쿨타임 감소 10%

[엑티브 스킬]

일격(Lv17:12%)

기운을 한곳에 모아 순간 파괴력을 상승시킵니다.
일정 확률로 출혈 효과를 일으키며, 출혈에 걸릴 시 10초간 생명 저
하. 추뎀 3,000. 소모 마나 4,000.

회피(Lv16:58%)

적의 기척을 감지하며 육체가 먼저 반응합니다.
회피율과 이동 속도가 일순간 상승하고 시야가 넓어집니다.
초당 소모 마나 42.

여우곡(Lv15:76%)

기운을 실어 여우의 울음을 토해냅니다.
울음을 들은 아군은 공격력, 공격 속도, 방어력, 회피가 30% 상승합

니다.
지속 시간 20분, 소모 마나 4,000.

물의 파편(Lv16:19%)

해일을 생성하며 다수의 적을 공격합니다.

일정 확률로 스턴 효과가 발생합니다.

스턴 4초. 확률 상승, 데미지 상승, 소모 마나 3,500.

선(Lv15:37%)

일순간 육체의 움직임을 극대화시켜 신비로운 선을 그려냅니다.

폭풍의 칼날처럼 15선이 적을 갈기갈기 찢어버립니다.

소모 마나 4,500.

폭(Lv15:23%)

불꽃처럼 타오르는 의지를 집중시켜 적을 멸합니다.

일정 확률로 폭발을 일으키며, 폭발이 발동될 시 생명, 마나회복 2,500.

소모 마나 4,500.

반월(Lv13:31%)

자연의 기운을 담은 반월을 발출합니다.

10미터의 사정거리를 보유하고 있으며, 일정 확률로 그림자가 형성됩니다.

소모 마나 4,500.

섬광(Lv13:71%)

잔상을 남기며 적의 생명을 빼앗습니다.

혼의 불꽃을 태워 파괴력을 증가시키며, 일정 확률로 방어 불가능

효과가 발생합니다

소모 마나 5,000.

관통(Lv7:46%)

그 무엇이든 통과하며 거리를 단숨에 좁힙니다.

일정 확률로 돌풍이 형성됩니다. 돌풍 스턴 2초.

소모 마나 2,500.

진화(Lv7:82%)

카인의 안배를 습득하며 여우족의 비술인 진화를 체득했습니다.

생명이 50% 이하일 때 진화가 가능하며, 근력, 체질, 민첩이 대폭 상

승합니다.

단 진화 스킬 이외는 스킬 사용이 불가능합니다. 지속 시간 2분.

소모 마나 13,000.

여우검(Lv7:28%)

잠재된 여우족의 기운을 검에 실어 적을 섬멸합니다.

일정 확률로 여우의 형태를 갖추며, 데미지가 1.3배 증가합니다.

소모 마나 6,500.

이벤트 시작 한 시간을 남기기 직전까지 사냥을 한 진월은 아지트에 돌아와 정보를 확인했다.

6개월이라는 시간이 마저 지난 현재 레벨은 218까지 상승했으며, 명성은 5,000을 넘었다.

더불어 왕녀에게 받은 퀘스트로 인해 생명과 마나가 5,000씩 추가 상승하기도 했다.

그리고 엑티브 스킬 중 회피에 공격 속도가 추가로 부여됐고, 여우곡은 사기 스킬이라 불릴 정도였다.

더불어 관통은 스턴이 1초, 진화는 지속 시간이 1분 증가에 공격력과 공격 속도 상승이 덧붙었다.

패시브 스킬들은 숙련도만 올랐을 뿐 다른 변화는 존재하지 않았다. 유지 역시 아직 초급이었다.

'곤란하군.'

정보를 확인한 진월의 얼굴에 아쉬움이 스치고 지나갔다.

현재 자신은 마나가 대단히 높은 편이었다. 격수 계열뿐 아니라 동 레벨 전체에서 말이다.

그럼에도 스킬들의 마나 소모량이 어마어마하다 보니 PvP 때 모든 스킬을 발휘할 수 없었다.

진화와 여우검은 한 번씩은 꼭 사용해야 할 스킬들이었고, 그 외 스킬들도 상황에 맞춰서 마나 분배를 해야 했다.

'가자.'

짜악! 짜악!

혼자만의 시간 속에서 마음을 다스리던 진월이 자신의 뺨을 세차게 때리며 자리에서 일어섰다.

드디어 시작이었다.

"첫 번째 우승자가 결정됐습니다!"

1주년 이벤트를 위해 만들어진 왕좌의 섬.

곳곳에 시합을 치를 수 있는 경기장이 형성되어 있으며, 수많은 마법 영상으로 인해 어디서든 관람이 가능했다.

그중 PvP가 펼쳐질 메인 대회장에서 운영자 시아가 떨리는 표정을 감추지 않으며 자신의 손에 쥐인 봉투를 높게 들어 올렸다.

기대심에 가득 찬 유저들의 함성 소리가 사방에 울려 퍼졌다. 가온 길드원들과 함께 자리하고 있는 진월이 침을 꿀꺽 삼켰다.

현재 발표하는 부분이 진월이 기대심을 가지고 있는 명성 부분이었기 때문이다.

꼬옥.

진월의 얼굴에 초조함이 물들자 곁에 앉아 있는 아인이 그의 손을 힘주어 잡아줬다.

"고마워."

그때야 진월은 숨을 크게 내쉬며 긴장을 풀었고, 그 뒤에 앉아 있는 스나는 애써 웃음을 머금었다.

곧 시아의 발표와 함께 진월의 입가에 씁쓸함이 맺혔다.

"명성 부분 영예의 주인공은 토토레님이십니다!"

"우아! 축하한다!"

"천만 원의 주인이야! 천만 원!"

"한턱 쏴야 된다?"

"나는 안 될 줄 알았는데! 이야호!"

자신의 아이디가 불리자 토토레와 그와 친분이 있는 이들이 한껏 기쁨을 즐겼다.

상인인 토토레는 몇 달 전만 해도 자신의 1등을 의심한 적이 없었다. 한데 진월이 갑작스럽게 맹추격을 해왔고, 어느덧 2위까지 따라붙었다.

그 후, 비공개로 변화되면서 불안함이 컸었다.

"어떻게 해……."

스나가 저도 모르게 안타까움을 담아 중얼거렸다.

그러자 진월은 괜찮다는 듯 애써 밝게 표정을 지으며 태연한 척 말했다.

"막판에 근접해지기는 했지만 그 후 나는 명성을 크게 올리지 못했기에 예측하고 있었어."

"응. 자기에게는 PvP가 있잖아."

"맞아. 내가 목표로 했던 부분."

진월은 속으로 아쉬움을 달래며 고개를 끄덕였다.

처음부터 노렸던 랭킹 1위나 중도에 희망을 얻었던 명성 1위
의 꿈은 흩어져 버렸고, 이제 남은 것은 PvP였다.

사실 처음부터 가장 큰 비중을 둔 것도 PvP였다. 그 이유는
상금의 규모가 가장 크기 때문이다.

유저들의 수가 기준치를 넘은 여러 국가, 차원에서 동시에
이벤트가 시작되고 있다. 그렇기에 100억의 상금이 걸려 있
지만 나누다 보니 그 액수가 적었다.

유저들의 수가 기준치를 넘지 못한 국가들은 통합해서 이
벤트가 펼쳐지고 있었다.

'천만 원은 쿨하게 양보해 주지.'

차원 판타지에서 PvP 우승자 역시 그 금액이 작지만 차원
전과 국가전은 차원이 확 달라진다.

차원전의 승자에게는 1억이 주어지며, 전 세계 모든 유저
중 최강자를 뽑는 국가전의 우승자에게는 10억 원의 상금이
주어진다.

'일단 차원 판타지에서 16위 안에 들어가야 한다.'

차원전과 국가전은 아무나 참가할 수 없었다.

자신이 속한 세계에서 상위 열여섯 명이 되어야만 타 차원
의 유저들과 PvP를 겨루는 차원전에 올라설 수 있고, 그 차원
전에서 4위 안에 랭크되어야만 전 세계 최강자들과 겨루는
국가전에 참가할 수 있었다.

그로 인해 대진표의 운이 대단히 중요하다고 볼 수 있었다.

만약 운이 나쁘다면 자신이라도 1차전에서 떨어질 수 있으니 말이다.

"모두들 오래 기다리셨죠?"

시간은 빠르게 흘러갔다. 곳곳에서 장인들이 기술을 겨루고 있었고, 드디어 많은 유저들이 가장 기다리던 PvP 대회가 시작됐다.

PvP는 1~50레벨, 51~100레벨, 101레벨 이상인 총 세 그룹에서 치러지며, 차원전과 국가전에 참가할 수 있는 부분은 101레벨 이상 상위 열여섯 명이었다.

아무리 히든 클래스를 비롯해 변수가 존재하는 PvP라 할지라도 레벨의 격차가 너무 크면 한계가 존재하기 때문이다.

"대진표입니다!"

좌르르륵!

시아의 외침과 함께 허공에 수많은 유저들로 이뤄진 대진표가 나타났다.

참가하는 유저들의 경우는 마법의 효과로 인해 자신의 명단은 다른 색으로 표기되기에 쉽게 구분할 수 있었다.

"대진표는 랜덤으로 추첨되었으며, 1회전이 끝나면 또다시 랜덤으로 새로운 대진표가 구성됩니다!"

"하면 매번 운이 따라야 되는군."

"이야, 흥미진진한데!"

"과연 누가 우승할까?"

"울트와 소울, 진월과 낙인을 비롯해 워낙 쟁쟁한 이들이 많으니 감을 못 잡겠군."

"일단 걸고 보자니까!"

"울트는 처음 보는 레벨 낮은 유저랑 붙네? 운 좋구만."

"다른 이들은? 아, 너무 많으니 찾기도 힘드네."

시아의 설명과 함께 유저들은 유명인들의 대진표를 찾으며 잡담을 나누기 시작했다. 한데 그 속에서 얼굴이 딱딱하게 굳은 두 명의 유저가 있었다.

그들은 믿을 수 없다는 눈빛으로 서로를 바라보고 있었는데, 바로 진월과 소울이었다.

"당황스럽군요."

"그러게요."

소울의 말에 진월은 씁쓸함을 감추지 못했다.

결승전에서나 만나고 싶었다. 아니, 최소한 16인이 확정되고 나서 부딪치고 싶었다. 그런데 1회전에서 소울과 맞붙게 될 줄이야.

즉, 한 명은 차원전은 물론 국가전에도 참여할 수 없게 된 것이다. 얼마든지 상위 열여섯 명 안에 속하는 실력을 갖추고 있으면서도.

"즐겨야겠죠. 어쩌겠습니까."

대기실의 벽에 기대며 소울이 쓴웃음과 함께 차가운 음료를 마셨다. 대진표를 확인한 길드원들의 당황한 표정이 떠올랐다.

"봐드리지 않습니다."

"만만치 않을 걸요?"

진월이 진담 반, 농담 반으로 짓궂은 표정으로 말하자 소울 역시 지지 않으며 응대했다.

"그리고 최선을 다해주세요."

진월이 혹시나 하는 마음에 진지하게 얘기를 꺼냈다. 소울의 어깨가 살짝 떨렸다.

사실 소울은 고민하고 있었다. 현모를 하면서 진월의 사정을 대략 들었기 때문이다.

만약 그가 1회전에서 탈락하면, 1년 동안 바라온 목표는 순식간에 잃게 되고, 아인과의 관계도 어찌 될지 알 수 없다.

둘은 믿음으로 이겨내겠다지만 분명 쉽지 않은 길이 펼쳐질 것이다.

그렇기에 망설여졌다, 자신이 저주는 것이 인의에 맞지 않을까 해서.

하나 그 속내를 언뜻 알아차린 진월이 경고이자 부탁을 하는 것이었다. 절대 그래서는 안 된다고.

"저는 언제나 소울님과 맞설 때 가슴이 두근거립니다."

진월이 두 눈을 살짝 감으며 얘기를 이어나갔다.

"즐겁기도 하고, 저의 한계를 극복하는 느낌마저 들고요.

그 기분이 퇴색되길 바라지 않습니다.”

“알겠습니다. 결승전처럼 모든 전력을 쏟겠습니다.”

그의 진심을 느낀 소울이 결심을 굳히며 힘주어 의지를 전했다. 그러자 진월은 따스하게 웃으며 속으로 진심 후회했다.

‘만약 지면 어쩌지!’

급격하게 밀려오는 불안감!

하지만 후회는 없었다. 만약 소울이 일부러 승리를 양보한다면 우승을 한다 해도 개운하지 않을 테니.

그때 둘이 자리하고 있던 대기실에서 신호음이 울려 퍼졌고, 진월과 소울은 미소를 지으며 악수를 나눈 뒤 출구로 향했다.

“진월과 소울이라니! 1차전에서!”

“말도 안 돼. 저 둘은 최소 8강까지는 당연히 올라가야 할 이들인데.”

“운이 나빠도 참 나쁘군. 더군다나 같은 길드에 친한 둘인데 말이야.”

“이렇게 된 이상 우리는 즐기면 되는 것이지. 이야, 이거 결승전이나 다름없는걸!”

“한 명이 1차전 탈락이라는 사실이 안타깝지만 네 말이 맞다!”

진월과 소울의 시합이 예정되자 유저들은 흥분에 들떴다.

저 둘이 1차전에서 만나리라고는 그 누구도 예측하지 못했으며, 상황을 전해 들은 울트 역시 자신의 귀를 의심했을 정도다.

다만 그로 인해 더욱 집중 조명을 받게 됐고, 모든 유저들의 관심 속에서 드디어 진월과 소울이 무대 위로 올라섰다.

'시작부터 드러내야겠군.'

소울과 마주한 진월은 카리스를 힘주어 쥐며 아쉬워했다.

울트와 마주할 때를 대비해서 공개되지 않은 스킬들은 최대한 감추고 싶었다. 하지만 상대는 소울이었다.

자신이 전력을 다한다 해도 결과를 예측할 수 없는 상대한테, 비장의 스킬들을 아낄 수 없었다.

"경쟁자들은 신나하겠군요."

소울이 실소를 흘리며 자신의 장검을 세웠다.

"그렇겠죠. 흐읍."

진월은 동의하며 숨을 깊게 들이마셨다.

지금쯤 울트를 비롯한 참가한 모든 이들은 우승 후보 중 한 명이 탈락한다는 사실에 기쁨을 만끽하면서 스킬 파악에 집중할 터였다.

지이잉!

그 순간, 시합을 알리는 신호음이 울려 퍼지며 PvP를 준비하고 있던 수백 명의 참가자가 동시에 움직였다.

물론 대다수 이들이 주시하고 있는 PvP는 진월과 소울이었다.

"아오오!"

진월의 입에서 여우곡이 터져 나왔다.

"오랜만이군요!"

채애앵!

그사이 소울이 진월과의 맞대결에 흥분을 감추지 못하며 선제공격을 시도했다.

"승패에 상관없이 이 순간을 만끽하죠. 승자도, 패자도, 관중들도 만족하는 시합을!"

위에서 아래로 내려쳐진 검을 카리스로 막은 진월이 힘차게 밀쳐 내며 입가에 웃음을 머금었다.

비록 결승전은 아니지만 수천 명의 유저가 열광하고 있었다. 타 지역과 온라인 관람, 방송 시청까지 합치면 그 수는 기하급수적으로 늘어날 것이다.

"좋습니다! 사신의 신속!"

샤샤샥!

소울의 육체가 잔상을 남기며 네 방향에서 진월을 덮쳤다.

"관통!"

쉐에에엥!

돌풍이 형성됐습니다. 스턴 2초!

진월은 정면에서 달려오는 소울을 관통했다. 그로 인해 소울의 스킬은 무위로 돌아갔으며 돌풍까지 형성됐다.

"여우검!"

진월은 소울이 무방비가 된 이 기회를 놓치지 않고 여우검을 시전했다.

치명 부위는 노릴 수 없지만 2초 동안 수비도 할 수 없기에 가장 강력한 데미지를 입혀야 했다.

"커허억!"

소울이 입에서 피를 토하며 허공에 붕 떴다. 그런 소울의 표정에는 경악이 서렸다.

단 하나의 스킬을 허용했을 뿐인데 생명의 소모가 예측을 초월했다. 여우검의 존재는 알고 있었지만 위력이 이 정도일 줄은 몰랐다.

'아깝군.'

그런 소울을 추격하며 진월은 입맛을 다셨다.

관통과 달리 여우검은 추가 효과가 발생하지 않았다. 만약 그랬다면 더욱 큰 피해를 입힐 수 있었는데 말이다.

"사신의 해일!"

"이런!"

후오옹!

소울은 중심을 잡을 시간을 벌기 위해 해일을 시전했다.

그러자 검은 물결이 진월을 삼키더니 곧 용오름 현상을 일으키며 그의 육체를 허공에 띄웠다.

"사신의 크로스!"

그사이 지면에 착지한 소울이 조금 전 자신처럼 중심을 잡으려는 진월한테 십자 형태의 기운을 발출했다.

"관통!"

진월은 마나가 아까웠지만 쿨타임이 돌아오자 재차 관통을 시전하며 크로스를 통과했다.

"물의 파편!"

촤아악!

그리고 4초의 스턴을 노리고 물의 파편을 시전했다.

이제는 물방울이 아닌 해일과 다름없는 이펙트를 자랑하는 물의 파편이 소울을 휩쓸었다. 한데 안타깝게도 추가 효과가 발생하지 않았다.

"사신의 어둠."

'뭐?'

순간 진월의 미간이 찌푸려졌다.

자신이 전혀 알지 못하는 새로운 스킬의 출몰이었다. 주변이 마치 암흑에 물든 듯 아무것도 보이지 않았다.

'시야를 가져가는군.'

진월은 다급히 침착함을 되찾고 두 눈을 감으며 오감에 집중했다. 당황해 침몰하다가는 스스로 제 무덤을 파게 될 뿐이었다.

‘와라, 와라.’

소울의 기척이 느껴졌다. 사방으로 빠르게 움직이며 정신을 흩트리려 했지만 스텟 오감이 존재하는 자신에게는 헛수고였다.

그는 점점 다가왔고, 진월은 일부러 허우적대는 척하며 역습의 기회를 노렸다.

‘지금이다.’

소울의 기척이 순간적으로 거리를 좁히며 등 뒤에 도달했을 때다. 진월은 다급히 몸을 비틀며 스킬을 시전하려 했다.

하나 바로 그 순간, 오른쪽에서 또 다른 소울의 기척이 느껴지면서 크나큰 외침이 들렸다.

“사신의 심판!”

소용돌이치는 거대한 원형의 기운이 진월을 잡아먹었다.

“아, 안 돼!”

“오빠!”

진월이 피를 흘리며 바닥을 구르자 아인과 스나가 하나되어 비명을 지르며 자리에서 일어섰다.

“기척마저 복사된 분신……”

스나가 힘없이 자리에 앉으며 의아함을 감추지 못했다.

관중들은 개인에게 주어진 마법의 구를 이용해 원하는 경기장의 시합을 대형 스크린으로 관람할 수 있었다.

그렇기에 수많은 이들이 동시에 PvP를 펼치고 있지만, 진월과 소울의 시합만 존재하는 것처럼 그들에게 무슨 일이 발생하는지 잘 알고 있었다.

몸 주위로 반투명한 검은 막이 생긴 진월은 두 눈을 감았다. 분명 시야를 빼앗겼기에 오감에 의지하려 한 것이다.

그때 소울의 그림자와 같은 검은 형태가 진월의 등 뒤에 접근했고, 한 발짝 느리게 소울이 옆에서 파고들었다.

'빌어먹을.'

옆구리에 큰 부상을 입은 진월이 입술을 잘근 깨물었다.

사신의 심판은 소울이 가진 데미지 스킬 중 가장 뛰어난 것이었다.

'주고받았군.'

진월은 숨을 고르며 마나를 확인하다 엉덩이의 은밀한 부분을 움찔거렸다. 다가올 고통을 알기에 본능적인 꿈틀거림!

'일단 마나를 소비하고.'

진화를 사용하게 될 경우 기존 스킬들을 시전할 수 없었다.

그리고 진화용 스킬들은 마나 소모가 0이었다. 단 한 번씩밖에 사용할 수 없다는 제한이 있기는 하지만.

"하아압!"

"타합!"

채앵! 차앙!

두 눈을 마주친 진월과 소울이 거리를 좁히며 카리스와 장검을 부딪쳤다.

"사신의 해일!"

슈오오!

평타전에서 힘과 속도에서 밀리는 소울이 한 걸음 물러서더니 재차 스킬전으로 돌입했다.

"15선!"

쉐에엑!

하나 진월도 당하고만 있지는 않았다.

용오름 현상과 함께 몸이 공중에 뜨려는 찰나 선을 시전했고, 열다섯 개의 선이 폭풍처럼 사방에서 소울을 노렸다.

"사신의 그림자!"

피할 수 없다고 판단한 소울이 다급히 그림자를 이용해 데미지를 절반으로 반감시켰다. 그 후, 진월의 낙하지점으로 몸을 날리며 재차 스킬을 발휘하려 했다.

"반월!"

그러나 진월의 이어진 반월에 소울은 데미지를 입힐 타이밍을 포기하고 수비로 돌변했다. 그사이 진월은 슬픔이 가득 담긴 눈동자로 외쳤다.

"진화!"

스파아앗!

진월의 전신에서 유형의 기운이 형성되더니 육체가 변하기 시작했다.

“오오! 진월에게 저런 스킬도 있었어?”

“우아! 변신이라니!”

“꽤 멋진데?”

진화를 처음 접하는 유저들이 감탄성을 내질렀다.

“만만치 않겠는걸.”

그들의 시합을 한시도 놓치지 않고 주시하던 낙인의 말에 울트는 침묵을 지키며 고개를 끄덕였다.

진화가 어떤 위력을 갖췄는지는 아직 알 수 없지만, 지금까지 보여준 스킬들만 해도 자신조차 쉽사리 승리를 장담할 수 없었다.

퍼어억!

“커어억!”

복부에 주먹을 허용한 소울은 비명을 토해내며 당황스러움을 금치 못했다.

진화를 시전한 진월의 신체능력이 믿을 수 없는 수준으로 상승한 탓이다.

또한 평타전에서 월등해진 것도 모자라 위력적인 스킬까지 발휘하니 도저히 이길 엄두가 나지 않았다.

‘조금만 더.’

마나를 확인한 소울은 무지막지한 속도로 파고드는 진월을 힘겹게 막으며 기회를 노렸다.

막을 때마다 그 힘을 이겨내지 못하고 자꾸만 뒤로 밀렸고,

뼈가 부러지는 듯한 욱신거림이 느껴졌다.

'됐다!'

하염없이 밀려나던 소울이 일부러 빈틈을 만들었다.

진월은 먹이를 발견한 하이에나처럼 그 틈을 놓치지 않으며 카리스로 그어버렸다.

촤아악! 철퍽!

소울의 오른쪽 팔이 피를 튀기며 허공에 솟구쳐 생명이 500까지 떨어졌다. 한데 소울의 두 눈은 절망에 빠진 자의 눈빛이 아니었다.

"마지막입니다."

이대로는 이길 수 없다고 판단한 소울은 도박을 걸었다.

진화한 진월의 속도를 도저히 따라갈 수 없었기에 살을 주며 최후의 일격을 먹일 기회를 만든 것이다.

"사신의 통곡!"

끼이잇! 꺄아악!

통곡의 비명 소리가 진월의 내부에서 울려 퍼졌다.

"강해지셨군요."

시합이 끝나고 대기실로 돌아온 소울이 후회없는 미소를 지었다.

자신 역시 PvP에서는 지지 않으리라 다짐할 정도로 성장했는데, 진월은 한 걸음 더 앞서 나가 있었다.

“소울님도요.”

진월 역시 소울을 인정했다. 역시 PvP에서 그는 무서운 존재였다. 만약 준 히든 클래스가 아닌 히든 클래스였다면 오늘의 결과는 바뀌었을지도 모른다.

‘여우막도 드러났군.’

마지막 순간을 떠올리며 진월은 입맛을 다셨다.

새로 익힌 스킬들을 선보일 수밖에 없었다. 상대가 소울이기에 진화 스킬마저도 감출 수 없었다.

다만 여우막이라는, 전신에 여우의 기운을 둘러 데미지를 축소시키는 수비형 스킬은 아직 그 누구도 몰랐는데 사신의 통곡을 막기 위해 그마저도 포기할 수밖에 없었다.

‘뭐, 나 역시 파악이 가능하니.’

자신의 스킬이 모두 드러난 것은 아쉽지만, 울트를 비롯해 다른 유저들 역시 PvP를 펼치니 마찬가지였다.

물론 대진 운이 따른다면 한두 개 정도는 결승전까지 베일에 감출 수 있겠지만.

“모두 기다리고 있을 테니 가도록 하죠.”

“그래요.”

1차전이 끝나야 2차전이 시작하기에 길드원들과 잠시 대화를 나눌 시간은 존재했다.

“저를 이기고 올라가시는 것이니 꼭 우승하셔야 합니다. 진월님이 지시면 제가 지는 것과 같으니까요.”

"저는 질 수 없습니다."

진월의 믿음직스러운 확답에 소울은 고개를 끄덕였고, 곧 둘은 대기실을 빠져나가 길드원들과 마주했다.

그 후, 3일의 시간이 흘렀다.

PvP 대회는 많은 이변을 남기며 어느덧 4강전을 눈앞에 두고 있었다.

이변이란, 과거 진월이 아슬아슬하게 겨우 승리했던 묵혼이 소울과 마찬가지로 1회전에서 탈락했으며, 낙인 역시 열여섯 명 안에 들지 못했다.

그뿐 아니라 기존 PvP 강자로 알려진 이들의 탈락이 속출하며 신흥 강자들이 나타났고, 립스와 작곡, 강할래 등 히든 클래스들 역시 생존율이 낮았다.

강할래는 8강전에서 울트를 만나 패배했다.

그리고 오늘 4강전이 펼쳐졌으며, 무대 위에 올라선 진월은 상대를 무거운 마음으로 바라봤다.

대회장에 오르기 전 그와 대기실에서 잠깐 인사를 나눴는데, 그가 말했다.

자신이 홀로 좋아했으며 잊지 못하는 한 사람이 있는데 아인이라고. 만약 오늘 승리를 취한다면 다시 고백할 것이라고.

진월의 4강 상대인 마법사. 그는 바로 지배자 길드의 로얄이었다.

'로얄이라……'

진월은 그의 정보를 떠올렸다.

레벨은 241이었으며 범위에는 약하지만 데미지 스킬이 많은, PvP에 뛰어난 마법사였다.

그의 플레이 영상들을 확인해 보니 절대 만만한 상대가 아니었다. 더군다나 현재 로얄은 꼭 이기겠다는 의지까지 불태우고 있었다.

'질 수 없는 이유가 추가됐군.'

진월이 카리스를 힘주어 잡았다.

그와 함께 전 경기장의 시합 시작을 알리는 알림음이 크게 울려 퍼졌고, 유저들의 함성 속에서 진월은 여우곡을 시전하며 빠르게 파고들었다.

"15선!"

쉐에엑!

카리스에서 새하얀 빛이 번쩍하더니 열다섯 개의 선이 로얄의 사지를 노리고 파고들었다.

스파앗!

하나 로얄은 블링크를 시전하며 진월의 등 뒤로 나타났고, 그런 로얄의 손에는 태양을 머금은 듯한 불꽃이 이글거렸다.

"파이어 스피어!"

화르르륵!

등 뒤에서 느껴지는 뜨거운 열기에 진월은 돌아보지도 않은 채 옆으로 몸을 날렸다.

그런데 놀랍게도 로얄의 스피어는 방향 조종이 가능했으며, 순식간에 진월의 육체를 집어삼켰다.

콰콰쾅!

무대 위 한편에서 폭발이 솟구쳤다. 그사이 로얄은 두 가지 마법을 동시에 펼치며 진월의 인기척을 감지했다.

타타탁!

연기가 채 걷히기도 전에 몸 곳곳이 그을린 진월이 회피를 시전하며 바람과 같은 속도로 달려들었다.

원거리 스킬인 반월로 기회를 만들 수도 있지만, 블링크의 마나 소모와 대비할 경우 자신의 손해였다.

그렇기에 확실하게 적중시킬 수 있을 때만 스킬을 시전할 계획이었다.

로얄의 블링크는 말 그대로 찰나이며, 어디에 나타날지 기척조차 잡히지 않으니.

"대지의 족쇄."

푸슈슉!

단번에 거리를 좁히고 스텝으로 방향을 흩뜨리며 가슴을 위에서 아래로 베려는 때였다.

일부러 지척까지 접근할 때를 기다린 로얄이 마법을 시전하자 경기장 지면이 솟구치며 진월의 허벅지까지 사슬처럼 꽁꽁 묶었다.

"드래곤 브레스!"

그 뒤를 이어 사정거리는 짧지만 데미지는 가히 뛰어난 드
래곤 브레스가 발출됐다.

쿠오오!

로얄의 전신에서 비롯된 붉은 기운이 드래곤의 머리를 형
상화하며 진월에게 아가리를 크게 벌렸다.

"여우검!"

아우우!

피할 수 없다고 판단한 진월이 맞불 작전을 펼쳤다.

관통을 사용할 경우, 이 상황에서는 드래곤 브레스를 통과
하는 게 아닌, 먼저 발동된 스킬인 대지의 족쇄만을 무효화시
키기에 어쩔 수 없는 선택이었다.

곧 드래곤 브레스와 추가 효과가 발생하며 여우화가 된 여
우곡이 허공에서 부딪쳤다.

"도대체 무슨 일이 펼쳐지고 있는 거야?"

"젠장! 보이지가 않잖아!"

"마법으로 연기를 거둬보라고!"

진월과 로얄의 대결을 관람하던 유저들의 불만이 가득 터
져 나왔다.

두 스킬이 부딪치며 무서운 마나의 폭발을 일으켰고, 마치
안개라도 낀 듯한 연기가 자욱하게 깔렸다.

한데 연기가 걷히기도 전에 진월과 로얄의 생명과 마나는

계속해서 줄어들고 있으니 안타까울 수밖에 없었다.

"섬광!"

회피를 유지하며 로얄이 공격할 틈조차 없게 밀어붙이던 진월이 빈틈을 잡으며 기습과 같은 일격을 시전했다.

"소드 실드!"

위협을 느낀 로얄이 다급히 자신의 최대 실드를 시전했다.

지잉! 지잉!

빛의 검들이 형성되며 로얄의 전신을 감싸 안았다.

콰지직!

"크으윽!"

하나 모든 데미지를 막을 수 없었기에 로얄은 신음을 흘리며 몇 걸음 뒤로 물러섰다. 그때쯤 연기의 장막이 사라졌다.

"피의 가시!"

"관통!"

로얄의 벌어진 상처에서 흐르는 피가 단단하게 굳으며 직선으로 파고들자 진월은 속도를 늦추지 않고 관통을 시전했다.

아쉽게도 돌풍의 효과는 나타나지 않았지만, 진월은 로얄의 뒤를 잡으며 그의 뒷목을 향해 카리스를 내뻗었다.

스파앗!

그러자 로얄은 블링크를 사용하며 허공에 나타났다. 그런 로얄의 양손에는 두 개의 검은 기운이 맹렬하게 모여들었다.

"반월!"

쉐에엑!

마법의 기운이 예사롭지 않다고 판단한 진월은 다급히 반월을 토해냈다.

"소용돌이!"

그러자 로얄은 명령어 만으로 마법을 시동시켰다.

샤아악!

그의 몸 앞에 나타난 소용돌이가 반월을 집어삼켰다.

"죽음의 터널!"

푸슈욱!

그때 두 손의 기운을 하나로 뭉친 로얄이 힘차게 손을 아래로 내리자 검붉은 거대한 구가 빠른 속도로 떨어졌다.

"여우검!"

진월은 재차 맞불 작전을 펼쳤다.

저 정도 크기라면 벗어날 수 없었다. 관통 역시 시간이 돌아오지 않았기에 사용이 불가능했다.

쿠우웅!!

"커헉!"

진월과 지척에서 추가 효과가 발동되지 않은 죽음의 터널과 여우검이 기의 폭발을 일으켰다.

그 폭발에 휩쓸린 것도 모자라 터널의 기운에 밀린 진월의 입에서 피가 격하게 토해졌다. 온몸의 뼈가 으스러지는 압박도 밀려왔다.

"이래서 아인을 지키겠는가!"

'이 자식……'

전투태세를 채 갖추기도 전에 진월은 블링크한 로얄의 도발에 이를 악물며 몸을 돌렸다.

쩌저저적!

진월의 다리 밑에 마법진이 형성되더니 다리가 얼어붙었다. 얼음의 결계들은 실처럼 하늘거리며 팔까지 구속했다.

"죽음의 검!"

"물의 파편!"

푸우욱! 촤아악!

죽음의 검과 물의 파편이 교차했다.

마계의 불꽃으로 이뤄진 죽음의 검은 진월의 배를 관통했고, 물의 파편은 스턴 효과를 일으켰다.

촤촤촤악!

진월은 자신의 상처도, 고통도 뒤로한 채 스턴에 걸린 당황한 로얄의 전신을 짐승처럼 밀어붙였다.

로얄의 육체에서 상처가 늘어나며 피가 사방에서 튀어나왔다.

“진화!”

번쩌억!

그리고 스턴 시간이 1초 남았을 때, 진월은 마지막 남은 마나를 끌어올리며 변신을 시전했다.

Chapter 9
인연

Shadow
Fox

털썩.

"하아, 하아……."

진화를 시전하고 1분여가 흘렀다.

로얄이 이를 악물며 무릎을 꿇자, 그때야 진월은 자리에 주저앉으며 거칠어진 호흡을 정리했다.

로얄은 일대일 PvP에서 대단히 뛰어났다. 그의 위력적인 스킬들은 진월조차 몇 번이나 위기를 느끼게 할 정도였다.

하지만 마나가 고갈되면서부터 진화한 진월에게 압도적으로 밀렸고, 결국 패배를 맞게 됐다.

"그녀를 사랑하십니까?"

　죽음에서 부활한 로얄이 누운 상태로 묻자, 일어서던 진월은 침묵을 지키며 그의 눈을 내려다봤다.

　조금 전에 보이던 강렬한 투지가 사라지고 진지함이 그 자리를 채우고 있었다.

　"저라는 남자의 삶의 이유입니다."

　"이유라……."

　로얄은 그 말은 천천히 되새겼다.

　'나 역시 그리 말할 수 있을까.'

　로얄의 입가에 씁쓸한 미소가 맺혔다.

　분명 아인을 사랑한다. 매일 그녀를 수없이 떠올리며 원했다. 사랑을 주고 싶고 받고 싶다.

　마치 사그라지지 않는 불꽃처럼 아인이란 존재가 가슴속에서 매일 불타올랐다.

　그러나 그녀가 없어도 살아갈 수는 있었다.

　비록 시간이라는 치유 약에 맡긴 채 한동안은 괴로워하고 잊지 못하겠지만, 수많은 사람들이 서글픈 이별의 반복 속에서도 쳇바퀴처럼 다시 사랑을 하는 것처럼 말이다.

　그 사실은 진월도, 아인도 잘 알고 있을 터였다. 그렇기에 아인 역시 이별을 택했을 테고.

　하나 방금 진월의 대답 속에서는 간절함이 묻어 있었다.

　마치 다른 이들이 모두 그렇다 해도 자신만은 다르다는 듯.

　'어쩌면 그렇기에.'

로얄이 상체를 일으키며 체념의 미소를 지었다.

"참 고운 여자입니다."

"저도 그리 생각합니다."

로얄의 표정이 부드럽게 변하자 진월 역시 따스한 얼굴로 대답했다.

짧은 순간의 마주함이며 대화였지만 나쁜 사람은 아닌 듯했다. 그리고 아인을 진심으로 아껴주는 듯했다.

"그 아이… 행복하게 지켜주세요."

"그 사람의 행복이 저의 기쁨입니다."

진월이 그 말과 함께 손을 내밀었다. 로얄은 힘차게 마주 잡으며 몸을 일으켰다. 그리고 그 광경을 지켜보던 아인의 두 눈동자가 젖어갔다.

"결승전! 누가 이길까!"

"저 둘이 결승에서 다시 맞붙는구나."

"아 참, 시청률 봤어? 쩔더라."

"응. PvP 16강전부터 시청률이 확 올랐고, 오늘은 아마 최고치를 기록할걸."

"국가전은 어느 정도일까?"

"이미 지상파 웬만한 인기 프로그램들과 맞먹는데, 대박이겠지."

"한국에서 국가전 우승자가 나온다면? 캬! 뿌듯할 텐데 말이야.”

“일단 오늘 시합이 먼저지! 돈 걸어! 나는 진월!”

대망의 결승전이 펼쳐지는 왕좌의 섬 관람석은 유저들의 수다로 시끌벅적했다.

하지만 시아의 소개가 시작되고, 드디어 결승전을 펼칠 두 명이 모습을 드러내자 언제 그랬냐는 듯 고요해졌다.

이제 드디어 차원 판타지의 PvP 최강자가 탄생한다.

‘1차 목표는 이뤘다.’

먼저 무대 위에 올라선 진월은 짧게 숨을 내쉬며 긴장을 풀었다.

차원 판타지에서 우승을 한다면 좋겠지만 설령 패배한다 해도 크게 낙담할 필요가 없었다.

어차피 자신의 중요 목표는 차원전과 국가전이었으니까.

‘설욕할 수 있을까.’

진월은 맞은편 출입구를 바라봤다. 이제 곧 히든 클래스인 크리스한테 4강전에서 승리를 거머쥔 울트와 마주하게 될 터이다.

‘지고 싶지 않다.’

상금을 떠나 진월은 전의를 불태웠다. 과거 그에게 패했던 순간이 아직도 기억에 생생했다. 꼭 되갚아주고 싶었다.

“자! 분노의 수호자 울트님입니다!”

그때 시아의 호명 속에서 웅장한 음악이 깔리더니 출입구가 서서히 올라가기 시작했다.

　지배자와 울트를 응원하는 유저들의 커다란 함성이 경기장을 가득 채웠고, 진월은 마음을 차분히 다스리며 천천히 걸어오는 그와 시선을 마주쳤다.

　"오랜만이군."

　"그러게."

　무대 위에 올라선 울트가 말을 건네자 진월은 희미한 미소를 지었다. 기다려 온 순간이 찾아왔다.

　"지난번의 빚을 갚고 싶겠지? 과연 그럴 수 있을까?"

　"아무래도."

　울트의 자신감에 진월은 여유롭게 받아쳤다.

　그는 지난번의 승리로 인해 자신감이 가득하겠지만 진월 역시 스스로를 믿었다.

　이긴다. 이긴다. 두 번은 패하지 않는다. 아니, 질 수 없다.

　"여전히 말로는 지지 않는 녀석이야. 그렇다면 너와 나의 격차를 느끼게 해줄 수밖에. 처참하게 말이지."

　"언제나 한발 앞서가며 네가 추월할 수 없는 존재라는 것을 깨닫게 해주겠어."

　으드득.

　울트의 이가 소리 나게 갈렸고, 진월의 두 눈이 차가워졌다. 그와 함께 누가 먼저라 할 것 없이 서로에게 파고들었다.

“빛의 강림!”

“아오오!”

둘의 자체 버프인 빛의 강림과 여우곡이 시전됐다.

채앵! 트트특!

‘이 괴물 같은 놈!’

울트는 이를 꽉 깨물었다. 검과 카리스가 부딪치며 힘겨루기에 들어갔는데 이전에 비해 근력이 비할 바가 아니었다.

자신 역시 그사이 스텟 상승이 적지 않았음에도 말이다.

“안색이 좋지 않군.”

전력을 다하고 있지만 표정만큼은 평화로운 진월이 도발하자 울트의 얼굴이 붉게 익어갔다.

아무리 실력이 상승해도 다혈질만큼은 변하지 않는 그였다.

“건방진! 하압!”

울트가 기합을 내지르며 모든 힘을 끌어올렸다.

치이익.

진월의 미간이 살짝 찌푸려졌다. 자신이 힘으로 밀리기 시작한 것이다.

현재는 차원의 틈새 시간으로 저녁이기에 직업 효과도 발휘되고 있었는데도.

하나 평타전에서 밀릴 자신이 아니었다. 평타전에서는 근력만 중요한 것이 아니었다.

쉬익! 쉬익!

진월이 장기인 빠른 움직임과 공격 속도를 살리며 울트를 사방에서 압도했다.

울트 역시 스텟 수치로 인해 속도 역시 느리지 않은 편이지만 진월 앞에서는 비할 바가 아니었다.

"쥐새끼 같은 놈!"

쿠우웅!

울트가 짜증 섞인 목소리로 위에서 아래로 검을 세차게 내려쳤다.

그러나 진월이 회피를 시전하며 오른편으로 피해 버렸기에 울트의 검은 애꿎은 지면을 찍었다.

"물의 파편!"

촤아아악!

먼저 스킬전으로 돌입한 것은 진월이었다.

울트의 빈틈이 만들어지자 진월은 스턴 효과를 노리고 파편을 시전했다.

"여신의 손길!"

지이잉!

하지만 울트는 당황하지 않으며 침착하게 실드 스킬로 맞받아쳤다.

울트의 전신을 신성한 오라가 가득 감쌌으며, 물의 파편은 오라의 벽에 부딪치며 소멸됐다.

단, 모든 데미지를 막는 것은 아니기에 생명의 손실은 존재했다.

"신의 그물!"

타앗! 촤아악!

울트가 재빠른 손놀림으로 자신의 손등을 검으로 긋더니 피를 흩뿌렸다. 붉은 피는 새하얗게 돌변하며 그물이 되어 진월을 덮쳤다.

"관통!"

과거 경험으로 인해 그물을 피할 수 없다고 판단한 진월은 회피를 결정했다. 그물과 관통의 마나 소모량을 따졌을 때 자신이 이득이었다.

"15선!"

쉐에엑!

울트의 뒤를 잡은 진월이 15선을 시작했다. 근접한 상태에서 선들이 울트의 전신을 향해 쇄도했다.

"여신의 거울!"

스파앗! 티티팅!

손길이 쿨타임이 아직 돌아오지 않은 상황. 울트는 여신의 거울로 수비를 펼쳤다. 새하얀 빛무리가 휘감긴 거울이 15선의 절반을 튕겨냈다.

'좋아.'

여신의 거울로 인해 데미지를 나눴지만 진월은 속으로 미소를 지었다.

사실 기회가 왔음에도 15선을 시전한 이유는, 그 어떤 스킬이든지 절반의 데미지를 입고 절반을 돌려보내는 여신의 거울을 사용하게 하기 위함이었다.

"신의 환상!"

푸우욱!

큰 한 방을 노리고 접근하는 진월을 바라보며 울트가 검을 지면에 내리꽂았다. 그와 함께 진월은 두 눈을 감았다. 울트의 육체가 여럿으로 나눠진 탓이다.

8강전에서 이미 드러난 스킬이었기에 대처법도 확실히 알고 있었다.

채애앵! 채앵!

울트의 장검과 진월의 카리스가 짧은 순간 허공에서 수없이 교차했다.

울트는 입술을 잘근 깨물었다. 신의 환상은 모든 것이 똑같은 환상을 보여준다. 외형은 물론 기운조차 말이다.

한데 실체만이 아주 미세한 차이가 존재했는데, 진월은 그 차이를 깨닫고 환상에 현혹되지 않으며 자신의 공격을 정확히 막아내고 있었다.

"신의 비명!"

으아악!

"크으윽!"

진월의 육체가 눈에 띄게 흔들렸다.

다른 것은 몰라도 소리를 들을 수 있는 한 신의 비명은 막을 수 없는 스킬이었다. 술에 취한 듯 몸이 뜻대로 움직여지지 않았다.

촤아악! 주르륵.

10초간 이어지는 혼란 스킬.

그 틈을 놓치지 않고 울트는 광전사처럼 진월을 몰아붙였다. 그사이 진월의 몸 곳곳의 살이 벌어지고 피가 맺혔다.

매 공격을 분명 막았다고 느꼈지만 신의 비명으로 인한 착각이었다.

"신의 분노!"

신의 비명의 효과가 3초가 남았을 때, 울트가 양손으로 검을 잡더니 높이 들어 올렸다.

푸우욱!

"크허억!"

그리고 강력한 기운을 머금고 세차게 내려쳤는데 진월의 무릎이 휘청거렸다. 오른쪽 어깨에 깊은 상처를 입은 것이다.

그나마 7초라는 사이 동안 기존과 혼란 상태의 차이를 깨달은 진월이 다급히 카리스로 막아서 이 정도였다.

만약 카리스로 힘과 속도를 1차적으로 줄이지 못했다면 어깨가 잘려 나갔을 테다.

"겨우 이 정도인가?"

울트가 얼굴이 일그러진 진월에게 조소를 보냈다.

"아직 끝나지 않았을 텐데?"

진월은 실소로 맞받아쳤다. 비록 초반은 자신이 불리하게 돌아가는 판국이었지만 PvP는 이제 시작이었다.

콰콰콰쾅!

울트의 스킬이 작렬하자 무대 정중앙에서 폭발이 일어났다.

그 폭발의 영향권 안에 머무르던 진월은 재빠르게 울트의 전면으로 파고들며 회피를 이용해 스피드를 상승시켰다.

챙챙챙!

울트의 검과 카리스가 수없이 교차하며 서로의 기회를 엿봤다.

타아앗!

그러던 진월이 울트의 정강이를 걷어차자, 그의 육체가 잠시 비틀거렸다.

"일격!"

진월의 일격이 붉은 기운에 휩싸인 채 울트의 심장 부근을 노렸다.

"여신의 손길!"

울트는 손길로 일격을 막아냈지만, 그 파괴적인 위력으로 인해 뒤로 몇 걸음이나 물러섰다. 진월은 그런 울트에게 따라

붙으며 쉴 기회를 주지 않았다.

어깨의 상처에서 출혈이 멈추지 않고 있기에 시간을 오래 끌수록 불리하기 때문이다.

"여우검!"

아오오오!

진월의 여우검이 추가 효과를 발생시키며 형상을 갖추자 울트의 얼굴이 굳었다.

여신의 손길도, 거울도 곧바로 쓸 수 없는 상황에서 피할 수도 없었다. 하면 맞부딪치는 것만이 유일한 살길!

"신의 권능!"

번쩌억!

울트는 자신의 최대 스킬을 시전했다. 장검에서 새하얀 불꽃과 같은 기운이 소용돌이쳤다.

파지지직!

"크으윽!"

"흐읍!"

울트와 진월이 숨을 들이마셨다. 둘의 근육에서 핏줄이 솟구쳤으며, 여우검과 권능의 힘겨루기로 인해 이는 부서질 듯 깨물었다.

스스스.

그러다 막상막하인 두 힘이 폭발을 일으키려는 직전이었
다.

"관통!"

진월의 육체가 울트를 통과했다.

쉐에엥!

그에 맞춰 추가 효과가 발생하며 울트는 스턴 상태에 빠졌
다. 진월은 다급히 몸을 날렸다. 곧 거대한 폭발이 둘을 집어
삼켰다.

"대박이군요!"

그 광경을 지켜보던 소울이 주먹을 불끈 쥐며 기쁜 목소리
로 외쳤다.

진월은 추가 효과까지는 기대하지 않았을 테다. 다만 폭발
이 일어나기 직전 조금이라도 거리를 벌려 피해를 최소화하
고 싶었던 것이다.

그런데 돌풍이 형성되며 울트는 약간의 거리도 벌릴 수 없
었고, 데미지를 크게 입었다.

물론 진월 역시 휩쓸리며 생명의 손실이 적지는 않았지만

울트에 비했을 경우 확실한 이득이었다.

돌풍의 마나 소비를 더한다 할지라도 말이다.

"하아, 하아…….."

"이놈."

진월이 입가에서 흐르는 피를 닦으며 숨을 가다듬었다. 그 맞은편에는 피투성이가 된 울트가 분노한 채 노려보고 있었다.

"이제 끝을 봐야겠지?"

"원하는 바다. 네놈의 목을 분질러 바닥에 처박아주지."

울트의 거친 발언에 진월은 쓴웃음을 흘리며 마지막을 장식할 스킬을 시전했다.

"진화!"

트특! 트트특!

진월의 전신에서 기운이 맹렬히 소용돌이치며 육체의 변화를 일으켰다.

"신의 분노!"

스파아앗!

마찬가지로 울트의 전신에서도 빛무리가 일렁거리더니 피부가 붉게 변하기 시작했다.

그뿐 아니라 생명과 마나가 4,000씩 상승했다. 이전에 진월한테 선보였을 때는 2,000씩이었다.

푸슈욱!

“으음!”

꼬리가 튀어나오자 진월은 욕 나오는 고통에 몸을 잠시 부르르 떨었다.

그리고 자신과 비슷한 형태의 버서커 모드인 울트를 쳐다보며 숨을 들이마시더니 총알처럼 튀어나갔다.

콰지직!

“실감해 보니 어때?”

“별것 아니군.”

진화와 버서커가 된 상태에서의 힘겨루기.

울트는 아무렇지 않은 척 대답했지만 속으로는 가슴이 철렁했다.

자신의 버서커 모드인 신의 분노는 생명과 마나 회복과 더불어 공격력과 공속, 이속, 방어력이 상승한다.

한데 진월의 진화는 어떤 효과인지 이전과 비할 수 없는 힘이 느껴졌다.

단 일격의 부딪침이었으나 자신의 육체가 휘청거렸으며 불안감을 증폭시켜 줬다.

‘차이에 기댈 수밖에.’

울트는 진월과 자신의 생명을 확인했다. 신의 분노로 4,000이 회복되면서 현재 차이는 5,000이었다.

진월의 진화가 압도적이라 할지라도 그 5,000의 차이가 좁혀지기 전에 죽이면 된다.

휘처어엉!

"붉은 꼬리!"

자신의 힘과 스피드에 밀리던 울트가 옆구리에 검상을 입으며 중심을 잃었을 때, 진월은 재빨리 진화 스킬을 시전했다.

아홉 개로 갈라진 붉은 꼬리가 울트의 몸 곳곳을 노리고 파고들었다.

"여신의 거울!"

하나 울트는 자신의 장점을 살리며 맞받아쳤다.

진월은 진화를 할 경우, 진화 스킬밖에 사용할 수 없지만 그는 버서커 모드가 되어도 모든 스킬을 시전할 수 있었다.

'1분 10초!'

진월은 초조함을 느끼며 울트를 압박했다.

현재 상황은 그 누가 봐도 자신이 울트를 몰아붙이는 판국이었다. 그러나 진화의 시간은 빠르게 줄어들고 있었으며, 생명 역시 마찬가지였다.

만약 동일한 상태였다면 자신의 압도적인 승리겠지만 현재는 불투명했다.

"여우 손톱!"

촤아악!

손톱이 울트의 가슴을 후벼 파며 깊은 상처를 남겼다.

카리스로 장검을 위로 걷어 올리며 무방비 상태로 만든 후의 타격이었기에 더욱 깊었다.

　"나는 지지 않는다!"

　위기를 느낀 울트가 크게 기합을 내지르며 진월을 몰아붙였다.

　진화한 진월에게 평타전으로는 도저히 이길 수 없다는 사실을 알면서도 단 한 번의 기회를 만들기 위해서였다.

　푸우욱!

　진월의 카리스가 울트의 상처 입은 가슴에 꽂혔다.

　"하, 하악!"

　울트는 숨이 막혀오는 듯 숨을 껄떡댔지만 장검을 쥔 손에 힘을 풀지 않았다.

　그리고 진월이 채 카리스를 뽑기 전에 모은 마나를 한 번에 소진시키며 신의 권능을 시전했다.

　울트의 돌진에서 그 사실을 미처 예측한 진월 역시 여우막을 끌어올리며 카리스를 회수했고, 그의 목을 향해 마지막 일격을 가했다.

　털썩.

　빛무리 속에서 둘의 육체가 거울처럼 하나되어 무릎을 꿇었다.

　"하아……."

　침대에 누운 진원의 얼굴에 아쉬움이 가득했다.

　울트와 최후의 순간, 여우막으로 인해 데미지를 감소시킨 자신은 생명이 300 남은 상태에서 살아남았고, 울트는 패했다.

　그로 인해 차원 판타지의 PvP 최강자라는 영예를 얻게 됐다.

　하지만 그 이후 이어진 차원전에서 바라는 목표를 이루지 못했다.

　무협과 판타지, 신계와 마계의 상위 열여섯 명은 만만치 않았다. 그러나 진원은 선전하며 차원 판타지의 체면을 세웠다.

　그런데 결승전에서 레벨 250의 마계 유저한테 패하고 말았다.

　그 외 울트는 8강전에서 신계의 유저한테, 소울은 4강에서 현대의 유저한테 승리를 양보해야 했다.

　'1억이라⋯⋯.'

　진원은 씁쓸한 웃음을 흘렸다. 1억이라는 거금을 코앞에서 놓쳤다.

　'이제 이벤트도 끝나가는구나.'

　자리에서 상체를 일으킨 진원은 벽에 등을 기댔다.

　현재 1주년 이벤트는 대부분 마무리되어 가고 있었다. 길드전 역시 차원 판타지에서는 지배자의 승리로 끝난 상태이다.

　차원전에서는 무협의 한 길드가 왕좌에 올랐으며, 길드전은 국가전이 존재하지 않았다.

'국가전.'

진원은 내일부터 시작될 국가전을 떠올렸다.

비록 기대를 품었던 차원전에서는 패배를 맛봐야 했지만, 준우승이기에 국가전에 자동으로 진출한다.

'꼭 나의 것으로 만들어야 한다.'

비록 방송국 출연료와 차원의 틈새 유명세로 인해 먹고사는 데는 지장이 없겠지만 평생 게임으로 먹고살 수 있는 것도 아니었고 미래를 준비해야 했다.

물론 지금 역시 어느 정도의 자금은 모였다. 하나 1년의 노력치고는 미흡했고, 결정적으로 혜주의 부모님에게 나설 면목이 없었다.

그렇기에 국가전의 왕좌가 더욱 간절했다.

시간이 흘러 국가전이 시작됐다.

"드디어! 대망의 결승전입니다!"

"우아아아!!"

"전 세계의 PvP 최강자!"

"얼른 시작하라고!"

"기다리다가 숨넘어가겠네!"

사회를 맡은 차원의 틈새 운영자인 시아가 외치자 유저들은 흥분을 감추지 못했다.

관중석에는 다양한 나라의 유저들이 자리하고 있었지만, 마법의 구슬을 귀에 꽂은 상태라 각자 자신의 나라 언어로 들렸다.

"여러분, 이 순간을 기다리셨죠? 저도 마찬가지랍니다!"

시아 역시 들뜬 감정을 감추지 못했다.

5일 동안 이어진 국가전. 각 나라, 차원계 강자들의 실력을 마음껏 감상할 수 있었으며, 이제 그 모든 것이 깊이 기억될 시합들의 정점을 찍는 순간이었다.

왕좌에 오른 유저는 10억의 상금뿐 아니라 전 세계 차원의 틈새 유저들에게 유명세를 탈 것이며, 말 그대로 연예인보다 더한 인기를 누리게 될 터였다.

물론 1등이 아니라 할지라도 인기 면에서는 마찬가지이겠지만 말이다.

"자, 소개합니다! 국적, 대한민국! 차원, 판타지! 직업, 그림자 여우! 차원 판타지, 차원전, 국가전 3연속 결승 진출의 진월!"

"우아! 진월님이다!"

"이기셔야 합니다! 대한민국이 우뚝 올라서는 겁니다!"

"저는 전 재산을 다 걸었어요! 믿습니다!"

"오빠, 저와 결혼해 주세요!"

"쟤가 제 친구임!"

"내 친구의 아들 친구이기도 한다네!!"

진월이 등장하자 대한민국 유저들은 물론 그를 응원하는 각 나라의 관중들이 함성을 내질렀다.

그 속에서 훈남과 강할래가 친분을 자랑하며 뿌듯해했다.

'놀랍구나.'

사각형으로 이뤄진 넓은 무대 위에 올라온 진월이 감탄했다.

국가전은 시작부터 규모가 남달랐지만 결승전은 더욱 그러했다. 수만 명이 자리할 수 있는 관람석도 그렇고 말이다.

그 수많은 시선 한가운데에 있자 진월의 가슴이 세차게 뛰었다.

각 차원계, 나라에서 손꼽히는 실력자들만 모인 국가전. 그 속에서 자신은 살아남았고, 또다시 결승전을 맞이했다.

자신에게 찾아온 마지막 기회. 절대 놓쳐서는 안 된다.

"소개합니다! 국적, 중국! 차원, 현대! 직업, 검의 광대! 샤오니!"

시아의 소개에 맞은편 문이 열리며 한 남자가 걸어 들어왔다.

그는 양손에 펜싱처럼 얇은 두 개의 검을 들고 있었으며, 차가운 인상에 흑발이 허리까지 길게 설정되어 있었다.

'검의 광대.'

진월은 그의 PvP 영상을 머릿속에서 떠올렸다.

그의 검 놀림은 적에게 있어 악몽과 같았으며, 스피드와 파괴력 역시 예사롭지 않았다.

스피드로만 따진다면 진화하기 전 자신보다도 한 수 위인 듯했다.

"뵙고 싶었습니다."

"그러셨나요?"

샤오니와 진월 역시 마법의 구슬을 귀에 착용하고 있기에 서로의 말이 이해 가능했다.

"예. 겨뤄보고 싶었습니다. 개인적인 이유도 있고요."

'개인적인 이유라면 그것인가?

샤오니가 옅은 미소를 짓자 진월 역시 입가에 웃음을 띠며 그의 개인적인 이유를 추측했다.

샤오니의 정보에 관해 검토하던 중 재미있는 사실을 발견했는데, 그를 차원전 4강에서 떨어뜨린 이가 바로 중국의 그림자 여우였다.

어쩌면 그는 결승전에서 자신을 통해 그날의 패배를 되갚고 싶은지도 모른다.

'그러고 보니 만나지 못했어.'

국가전을 치르면서 내심 기대했었다, 같은 직업끼리의 대결을. 그리고 그림자 여우는 자신을 포함해 총 네 명이 참가했다.

하나 그 누구하고도 부딪치지 않았다. 8강에 함께 올랐던 미국의 그림자 여우는 아쉽게도 8강의 벽을 넘지 못했다.

“대망의 국가 결승전! 시작합니다!”

그때 시아의 우렁찬 외침이 모두의 귀를 파고들었고, 진월
과 샤오니가 서로를 향한 거리를 단번에 좁혔다.

1주년 이벤트의 대미를 장식할 시합이 시작된 것이다.

카앙! 채앵! 피잇!

‘역시 어렵다.’

일부러 샤오니의 장기인 평타전을 펼치던 진월의 볼에 검
상이 새겨지며 피가 맺혔다.

자신 역시 평타전은 그 누구에게도 밀리지 않는다고 자부
해 왔는데 샤오니는 한 수 더 위였다.

“춤춰라.”

스스슥!

샤오니가 뱀이 똬리를 틀 듯 기묘한 각도로 움직이며 검을
늘어뜨리자 진월의 주위에서 바람이 휘몰아쳤다.

“관통!”

이 스킬이 무엇인지를 이미 알고 있는 진월은 다급히 샤오
니의 뒤를 접수했다.

그러자 조금 전 진월이 서 있던 곳에 무형의 기운으로 이뤄
진 칼의 바람이 휘몰아쳤다.

“15선!”

파파팟!

카리스에서 15선이 화려한 이펙트를 선보이며 샤오니를 노렸다.

"흩날려라."

슈오오!

하나 샤오니는 뒤도 돌지 않은 채 두 개의 검을 허공에서 교차시키며 움직였고, 반투명한 막이 솟구치더니 15선을 막아냈다.

"광속."

'막을 수 있을까.'

광속 스킬은 신형이 여섯 명으로 늘어난 것처럼 보이지만 순간 스피드를 극대화하며 나타나는 현상이었다.

즉, 모두가 실체나 다름없었으며 시간차로 여섯 번의 공격이 들어온다.

더불어 연계가 될 때마다 추가 데미지가 붙는다고 알려져 있었다.

채앵! 채애앵! 카앙!

위에서 아래로, 옆에서 사선으로, 하단 찌르기! 진월은 회피를 시전하며 세 번의 연계를 막아냈다. 그 광경에 관중들의 두 눈이 커지며 기대를 품었다.

이때까지 샤오니의 광속은 그 누구도 완벽하게 막아내지 못했다. 막았다 해도 두 번이 한계였다.

한데 진월 역시 광속을 극복하지 못했다.

좌좌좌악!

네 번째에서 샤오니의 검이 진월의 살점을 베었으며, 한번 타이밍을 놓치자 다섯 번째, 여섯 번째도 허용할 수밖에 없었다.

"부서져라."

여섯 번째 타격에서 진월의 육체가 허공에 살짝 뜨며 균형을 잃자, 곧바로 스킬 연계를 들어갔다.

지이잉.

그의 검에 흙빛의 기운이 스며들더니 진월을 향해 토해졌다. 기운은 곧 사자의 형태를 갖췄으며, 진월을 잡아먹으려는 듯 날카로운 이를 드러냈다.

"여우검!"

쾨콰쾅!

샤오니와 진월의 기운이 충돌하며 폭발을 일으켰다.

조금 더 근접해 있던 진월은 피를 토하며 뒤로 나가떨어졌고, 샤오니 역시 일정 데미지를 피할 수는 없었다.

"불어라."

타타탁!

서둘러 몸을 일으키는 진월에게 다가가며 샤오니의 검에서 무수한 칼날들이 쏟아져 나왔다.

"관통!"

쿨타임이 돌아온 관통으로 인해 진월은 아슬아슬하게 칼

날들을 피하며 카리스로 그의 뒷목을 노렸다.

채앵!

하지만 샤오니는 놀라운 스피드를 선보이며 몸을 뒤틀었고, 검을 들어 올려 검면으로 카리스를 막아냈다.

그러나 진월 역시 만만치 않은 속도로 중심을 잡으며 곧바로 스킬을 시전했다.

"물의 파편!"

좌아악!

해일이 쏟아졌다. 동시에 진월의 입가에 미소를 짓게 하는 알림이 들렸다. 파편의 추가 효과가 발생하며 스턴 4초가 뜬 것이다.

"일격! 섬광! 폭!"

천금과 같은 기회! 진월의 데미지 스킬들이 불을 뿜었다. 그리고 1초가 남았을 때, 진월의 육체가 진화를 시작했다.

"후우! 후우!"

"바보. 진정 좀 해."

"응! 나, 난 괜찮아!"

전혀 괜찮지 않은 상기된 표정과 떨리는 목소리 작렬!

"다 잘될 거야."

"그래그래."

혜주가 손을 잡아주며 다정하게 눈을 마주치자 진원은 그때야 마음이 조금 가라앉는 듯 애써 미소를 머금었다.

하나 마음 한편에 위치한 불안감은 어쩔 수 없었다.

그 이유는 바로 오늘이 혜주 부모님을 다시 찾아뵙는 순간이었기 때문이다.

기회를 잡고 저돌적으로 샤오니를 몰아붙였지만 마찬가지로 히든 클래스였던 그는 강했고, 결과적으로 자신은 패했다.

샤오니의 마지막 스킬 두 개에서 추가 효과가 모두 발생한 것이 폐인의 가장 큰 이유였다.

'다시 잃을 수는 없다.'

처음에는 혜주의 부모님을 만나야 하는 것인지 갈등했다.

국가전 2위로 차원의 틈새를 넘어 연예인 급의 인기를 누리게 됐고 수입도 좋아졌지만, 차원의 틈새를 당분간 계속하며 돈을 모아야 했다.

원래라면 상금을 기반으로 이제 게임을 접고 혜주와의 더 넓은 미래를 위해 창업을 하거나 혹은 공부를 하려고 했는데 말이다.

그래서 훗날을 기약할까 하다가 마음을 바꿔먹었다.

만약 이대로 지내다 다시 사귄다는 사실을 혜주의 가족이 알게 된다면 오히려 더 안 좋은 결과를 초래할 것이다.

그렇기에 비록 아직은 게임으로 생계를 유지하고 있지만 부딪치기로 결심했다.

"들어가자."

“웅.”

혜주가 문을 열자 진원은 그녀의 등을 쓰다듬어 줬다.

조금 전 손을 잡았을 때 혜주 역시 떨고 있다는 사실을 깨닫고, 안심시켜 주기 위해서였다.

그런 진원의 속내에 알아차린 혜주가 고개를 살짝 끄덕이며 먼저 들어서자, 진원은 콧김을 세차게 한번 내뿜더니 뒤를 따랐다.

“얘기해 보게.”

부드러운 인상의 중년인이 말문을 열었다. 그 곁에는 불만이 가득한 표정의 한 여인이 비스듬하게 앉아 있었다.

어제 혜주가 설득해서 만나보기로 결심을 한 그녀의 부모님이었다.

“혜주를 통해 대략 전해 들었지만 자네에게서 듣고 싶군, 어떤 마음으로 지냈으며 꿈을 품었는지.”

“예, 저는…….”

진원은 차를 한 모금 마시며 메마른 목을 적신 후, 1년 전 그날을 회상하며 긴 애기를 시작했다.

그때의 감정이 떠오르는지 저도 모르게 미소를 짓기도 했고 금방이라도 울 듯 슬픈 눈빛이 되기도 했다.

“그랬었군. 혜주야, 잠시 나가 있겠니?”

“왜……?”

진원의 모든 얘기가 끝나자 그녀의 아버지가 부탁했다.

혜주는 얼굴에 걱정을 가득 품으며 되물었지만, 진원이 괜찮다는 듯 고갯짓을 하자 어쩔 수 없이 자리에서 일어나 거실로 향했다.

"마지막으로 하나 묻고 싶은 게 있네. 솔직한 심정을 전해주게."

"예, 말씀하세요."

"변치 않고 혜주를 사랑할 건가?"

진원은 잠시 침묵을 지키다 곧 그와 눈을 마주치며 진실되게 대답했다.

"미래를 지금 이 순간 확답할 수는 없습니다. 단지 저는 혜주를 사랑했고, 이별 앞에서도 사랑했으며, 지금도 사랑합니다. 그리고 앞으로도 사랑하고 싶습니다. 제가 살아가는 이유인 단 한 사람이니까요."

철컥.

"어떻게 됐어?"

진원이 거실로 나오자 혜주가 조심스럽게 물어봤다. 하나 어두운 그의 표정에 혜주 역시 가슴이 철렁 내려앉았다.

결국… 결국 반복이었던 것일까.

"내가 다시 얘기해 볼게."

"괜찮아."

"아냐. 뭐가 괜찮아, 이 바보야!"

진원이 따지기 위해 들어가려는 자신의 손목을 부여잡자 혜주는 젖은 눈동자로 속상함을 감추지 못했다.

그토록 그리워하고 아파했으며 눈물 맺힌 나날이었는데, 서로가 없이는 웃을 수 없다는 사실을 깨닫는 서글픈 시간들이었는데…….

자신은 반복할 수 없는데 왜 말린단 말인가? 진원이 야속하기까지 한 그녀였다.

"괜찮다고, 허락받았으니까!"

"도대체 왜… 뭐?"

혜주의 두 눈이 커졌다. 굳어 있던 진원의 얼굴에 화색이 돌았다. 그가 이토록 기뻐하는 모습은 손에 꼽을 정도였다.

"교제를… 허락해 주셨어."

"정말이야?"

혜주의 입술이 부르르 떨렸다. 큰 두 눈동자에는 투명한 눈물이 맺혀서 떨어졌다.

"어. 진짜야."

진원 역시 다르지 않았다. 그토록 가면으로 자신을 가린 채 강하게 살아오려 한 그였는데, 이 순간만큼은 눈이 붉어졌다.

"그렇구나. 그렇구나……."

"혜주야!"

진원이 혜주를 자신의 품에 가득 끌어안았다. 서로의 심장소리가 가슴을 타고 전해지는 듯했다.

사랑하지만 헤어져야 했던 그 시간들이 아득한 꿈처럼 느껴졌다.

짜악!

"아, 맞다. 아버님이 그러시던데……."

"응?"

혜주의 방으로 옮긴 진원이 무언가를 떠올리며 손뼉을 쳤다. 그런 진원의 얼굴은 마치 신기해하는 어린아이와 같았다.

"아버님, 차원의 틈새 하신다던데?"

"에에? 정말?"

"응. PC방에서 스트레스도 풀 겸 잠깐씩 즐기신대."

혜주는 저도 모르게 입을 쩍 벌렸다. 요즘 들어 퇴근이 늦어지고는 했지만 일이 바빠서인 줄 알았다.

"와, 놀라워."

"더 놀라운 소식 전해줄까?"

"뭔데? 뭔데?"

혜주가 호기심이 가득해 묻자 진원이 뿌듯한 미소와 함께 알려줬다.

"나오기 직전에 아버님이 귓속말로 나의 팬이라 하시더라고. 국가전에서 2위를 했을 때 속상해서 술까지 마시셨다고."

"맞아! 아빠 그날 술 마시고 들어오셨어!"

"그리고 또 말이야!"

“응, 응. 말해줘. 뭐?”

진원과 혜주는 서로를 마주 보며 즐겁게 수다를 떨기 시작했다.

그런 둘의 손은 다시는 잃지 않겠다는 듯 힘주어 마주 잡고 있었다.

『Shadow Fox』 완결.

“응, 응. 말해줘. 뭐?”

RELOAD

리로드

Book Publishing CHUNGEORAM
이수영 판타지 장편 소설

'Fly me to the moon' 의 작가 이수영!
'리로드Reload' 로 귀환하다!

—빈약한 운명 하나를 쥐어 그 자리에 넣었구려. 허나 그대가 되돌린 인간은 인간이라기엔 너무도 강한 운명을 가진 자요. 그자로 인하여 뒤틀릴 운명들은 어찌하려오?

운명의 여신이 준엄하게 물었다.

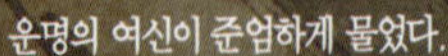

—나는 대가를 치렀소. 운명의 여신 베기르 라라여, 동의하시오?

전신(戰神) 카자르 엔더는 하나 남은 혈손을 위해 신력의 반을 희생했지만 그의 투기는 흔들리지 않았다. 그는 현존하는 전쟁의 신이고 대륙에서 가장 크게 숭앙받는 신이었다. 하위 신들과 비슷할 정도로 신력이 감소했어도 그의 영향력은 줄어들지 않았다.

—오만하구려, 카자르 엔더여.

베기르 라라가 냉소했다. 운명의 여신은 평소에는 조용했지만 뒤틀린 시간과 인과에 대해서는 엄격하였다. 그녀가 다스리는 운명의 굴레는 신들조차 벗어날 수 없는 것. 장대를 휘두르는 눈먼 여신을 신들도 두려워했다. 그러나 오만하고 교활한 전신(戰神)은 그녀를 외면하고 항의하는 다른 신들을 향해 미소 지었다.

—누누이 말하지만, 말로만 떠들지 말고 덤벼.

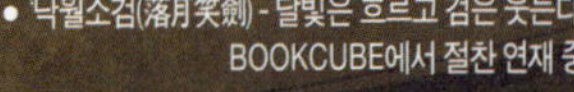
● '낙월소검(落月笑劍) - 달빛은 흐르고 검은 웃는다'
BOOKCUBE에서 절찬 연재 중.

Book Publishing CHUNGEORAM